# IMPRESSUM

Herstellung und Druck über tolino media GmbH & Co. KG, Albrechtstr. 14, 80636 München. Printed in Germany.
Fragen zu Produktsicherheit an: gpsr@tolino.media.

# STRANDKORBLIEBE AUF AMRUM - WEIHNACHTSZAUBER

LOTTA LARSSON

## ÜBER DEN AUTOR

Lotta Larsson liebt das Reisen, das Rauschen des Meeres und im Sommer den warmen Sand unter ihren nackten Füßen. Bei jedem Wetter unternimmt sie lange Strandspaziergänge mit ihrem Hund, bei denen ihr die besten Ideen für ihre Liebesromane kommen. Sie lebt mit ihrer Familie in Süddeutschland. Ihre Geschichten haben alle eines gemeinsam: Am Ende steht ein Happy End und vor allem sollen die Geschichten den Leserinnen und Leser nach der letzten Seite ein Lächeln ins Gesicht zaubern.

Sie wünscht viel Freude mit den Geschichten!

## VORWORT

Dieser Roman ist genau das. Eine Geschichte. Bitte nehmt nicht alles, was ich geschrieben habe, ernst. Vieles davon wird in der heutigen vernetzten und digitalen Zeit nicht funktionieren. Bücher laden zum Träumen ein und nicht alles, was geschrieben ist, kann oder wird jemals so geschehen oder entspricht der Realität. Lasst euch in meine Welt der Fantasie mitnehmen und begeistern!

# WIDMUNG

*Allen die Weihnachten lieben*

## KLAPPENTEXT

🌲 Weihnachtszauber auf Amrum: Liebe, Geheimnisse und Strandkorb Sieben 🩶

WENN SICH ZWEI geschäftstüchtige Schwestern bei einem Glas Wein zusammensetzen, kann nur etwas Tolles entstehen. So ist es in Nebel bei Meike im Café geschehen. Dort werden nun geheime Dinge organisiert, bei denen auch Strandkorb Sieben eine große Rolle spielt. Man darf gespannt sein, ob Frieda dem Geheimnis auf die Spur kommt und was Meike und ihre Schwester zusammen auf die Beine stellen. Und dann ist da noch Janus – lest selbst, was es mit ihm auf sich hat und ob Strandkorb Sieben mit seiner Magie punkten kann.

WEIHNACHTSZAUBER IST ein kurzer Roman mit 126 Taschenbuchseiten, der auch als Spin-off bezeichnet werden kann. Viele lieb gewonnene Protas aus den ersten vier Büchern tauchen auf. Es ist jedoch nicht zwingend erforderlich, diese Bücher gelesen zu haben.

## PROLOG

Was für einen tollen Erfolg ich in diesem Jahr, doch wieder vermelden kann. Als mich Frieder, der Enkel von Kapitän Klaas, zurück in den Unterstand gebracht hat und alle Strandkörbe vor dem kalten Winter und der stürmischen Natur sicher verwahrt sind, beginnt das Erzählen. Natürlich wollen alle zuerst wissen, ob ich es in diesem Jahr auch wieder geschafft habe, ein Paar zu verzaubern und ihnen die Liebe zu bringen. Was für eine Frage! Natürlich habe ich meine Magie versprüht. »Klar«, sage ich und tue bewusst so, als ob es nichts Besonderes wäre, als ob dies selbstverständlich ist. Als ich dann mit stolzer Brust berichten konnte, dass mich die Jüngste der Bogerkinder besucht hat und sie sich in Raphaele verliebt hat, waren alle überrascht. Ich gebe zu, dass ich vielleicht vergessen habe zu erwähnen, dass sie bereits zuvor in ihn verliebt war, doch das ist nicht so wichtig. Wichtig ist, dass die beiden nun glücklich sind, und ich bin gespannt, ob sie sich zusammen mit Raphaele ein Zuhause hier auf Amrum errichten wird. Aus den Gesprächen habe ich durchaus mitbekommen, dass dies noch nicht sicher ist, aber ich bin da zuversichtlich.

WIR REDEN UND REDEN, mal durcheinander, und dann wieder lauschen alle einem Strandkorb zu. Die Zeit vergeht wie im Fluge. Plötzlich aber wird das Tor wieder geöffnet. *Kann es sein, dass schon wieder Frühjahr ist?* Nein, denn diesmal ist alles anders. Es weht ein eiskalter Wind in die Halle herein. *Das kann doch noch nicht das Frühjahr sein, oder täusche ich mich so sehr?* Kapitän Klaas geht durch die Reihen und bleibt direkt vor mir stehen. Ein, das gebe ich zu, ängstliches Zittern geht durch mich hindurch. *Er wird mich doch nicht etwa in den Strandkorbhimmel befördern wollen? Mich AUSSORTIEREN?* Dazu bin ich nun wirklich noch nicht bereit, ich bin doch noch jung! Ich gebe zu, ich bekomme es fürchterlich mit der Angst zu tun.

»MOIN, mein Lieber, du hast dieses Jahr einen weiteren Spezialauftrag, ich bin gespannt, was du dazu sagen wirst.« Auftrag, das hört sich nicht nach etwas Schlechtem oder Schlimmem an, nicht nach STRANDKORBHIMMEL oder AUSSORTIEREN. Es ist mucksmäuschenstill, alle in der Halle hören zu. Und ich glaube, alle Strandkörbe halten den Atem an. Das Wort AUSSORTIEREN gefällt niemandem. Kapitän Klaas aber redet weiter.

»Du wirst in diesem Jahr sozusagen ein Weihnachtsstrandkorb. Meike meinte, dass sich der Weihnachtsmann gut in dir wohlfühlen wird. Ich bin mir sicher, das wird lustig werden, gewiss auch etwas kalt, aber du wirst das mit

Bravour meistern.« Ich wiederum denke nur, *Weihnachts-strandkorb? Weihnachtsmann?* Es ist also noch nicht Frühjahr.

MIT DEM HUBWAGEN werde ich aus der Halle gebracht, und kurze Zeit später stehe ich auf der Ladefläche von Kapitän Klaas' Transporter, und wir fahren über die Insel. Neugierig sehe ich mich um. Er bleibt vor einem Haus, oder ist es ein Restaurant, stehen. Die Landeklappe wird nach unten gebracht, und ein anderer Mann, den mein Besitzer Pepper nennt, hilft ihm, mich von der Ladefläche zu heben, und bald stehe ich in einer geschützten Ecke vor dem Eingang des Cafés. Kein Restaurant. Oh, wie gut es hier duftet. Nicht nach Meer und salziger Luft, sondern nach Kuchen, Kaffee, Zimt und Rosinen, *und ist das Vanilleduft?* Ich glaube, ich bin doch im Himmel angekommen. Wenn das der Strandkorbhimmel ist, muss ich keine Angst davor haben.

»Hier steht er sehr gut, Kapitän Klaas.«

»Dem kann ich nur zustimmen, Pepper. Die Idee, die deine zukünftige Frau da hat, ist genial.«

»Finde ich auch, aber Heike hatte einen gleich großen Anteil daran. Komm doch noch rein. Meike hat dir bereits einen heißen Tee aufgesetzt.«

»Tee?«

»Nun ja, ich meinte, dass deine werte Frau angerufen hat und ihr mitgeteilt hat, dass der Pharisäer nicht das richtige Getränk für dich sei.« Pepper zwinkert Kapitän Klaas zu und flüstert leise.

»Meike hat dir trotzdem einen Schuss Rum in den Tee

15

getan. Bei diesem Schietwetter muss das sein.« Dann höre ich noch kurz ein »Moin«, aber danach nichts mehr, da die Tür sich schließt. Ich stehe da und schnuppere einfach nur. *Was wird das hier wohl werden?* Es kann nur ein Abenteuer sein.

## MEIKE

»Moin, Kapitän Klaas. Vielen Dank für den Strandkorb. Ich hätte da noch einen weiteren Vorschlag oder Anschlag auf dich vor. Jetzt setze dich doch erst einmal hin.« Ich stelle ihm eine Tasse heißen, dampfenden Tee vor die Nase, aus der nicht nur der typische Geruch nach Kräutern strömt, sondern auch noch dieser andere Geruch. Ich muss schmunzeln, aber ein richtiger Friesentee muss wärmen, denke ich. Kapitän Klaas meint: »Meike, du verstehst einen alten Mann.« Er gähnt und blinzelt zur Kuchenauslage, was ich mit einem innerlichen Schmunzeln quittiere, um zu fragen: »Dazu ein Stück Kuchen?«

»Sehr gerne«, kommt unvermittelt aus seinem Mund. Nun offen lachend gehe ich zur Kühltheke und schneide ein Stück seiner, wie ich ja weiß, Lieblingstorte ab und gebe es auf einen Teller.

»Bitteschön, Kapitän Klaas, lass es dir schmecken.« Danach setze ich mich zu ihm und unterbreite ihm meinen Vorschlag, den er zuerst mit einem Kopfschütteln abwehrt.

Doch ich habe kein eigenes Geschäft, das im Übrigen gut läuft, wenn ich nicht gut darin wäre. Also überzeuge ich Kapitän Klaas nicht nur mit Worten, sondern setze meinen kompletten Charme ein. Er muss es tun, denn er ist nun mal genau die richtige Person dafür.

»Bitte, Klaas. Vier Samstage, was ist das denn schon? Und auch nur ein paar Stunden. Wir bezahlen dich selbstverständlich dafür, und du könntest sogar in einem deiner liebsten Strandkörbe sitzen.«

»Klar, und dann verzaubert er mich, und zack habe ich eine Frau an meiner Seite, die mich womöglich anhimmelt, und auf der anderen Seite meine Frau, die eifersüchtig ist und mir das Leben schwer macht«, sagt er. Ich muss grinsen. Allein die Vorstellung, dass er Angst vor Strandkorb Sieben hat, ist zu lustig.

»Du glaubst doch nicht etwa wirklich daran, dass er dich verzaubert?«

»Hm.« Genau dieses »Hm« wiederum sagt, wenn ich ehrlich bin, sehr viel aus.

»Bitte, Klaas, gib dir einen Ruck. Stell dir diesen Spaß vor! Die ...«

»Ja, ja ... ich ...«, das kann ich auch, jemanden zu seinem Glück überreden, denn mir ist klar, dass er sagen wollte, 'Ich überlege es mir', doch ich beschließe, das zu beschleunigen und ihn quasi zu überfallen, indem ich aufstehe, ihn umarme und sage: »Danke, Klaas, ich wusste, dass du der Beste bist.« Ja, Honig, kann ich jedem um den Mund schmieren, wenn es sein muss. In diesem Fall aber meine ich es schlicht ehrlich. Er ist der perfekte Mann dafür. Pepper zuzwinkernd grinse ich, und er versteht mich. Auch wenn er eher zur Kategorie langsam und überlegt gehört, weiß er, dass ich diese Schlacht gewonnen habe. Wobei es ja keine Schlacht war, nur ein Überreden für einen guten Zweck.

»Du bist mir eine, was meine Elisa dazu wohl sagen wird.« Er nimmt einen großen Schluck Tee und isst schweigend die Torte zu Ende. Danach steht er gemächlich auf. »Dann also bis bald.«

»Dann bis nächsten Samstag, Weihnachtsmann.«


ALS ER MIT seinem Transporter losgefahren ist, stelle ich mich vor den Strandkorb.

»Na, mein Lieber, du wunderst dich sicherlich, was das soll, aber versprochen, du wirst begeistert sein.« Pepper stellt sich neben mich, und in stiller Eintracht betrachten wir ihn. Dann aber wende ich meinen Kopf in seine Richtung.

»Es kann ja nicht schaden, oder?«

»Was meinst du?« Mit einem Schubs fällt Pepper nach hinten in den Korb, und ich folge ihm.

»Was …«

»Lass uns knutschen!«

»Meike, die Gäste! Und der Zauber und …«

»Ich dachte, du liebst mich bereits. Da braucht es keine Magie mehr.« Pepper sieht mich mit offenem Mund an.

»Das schon, aber … verdammt, Meike, du bringst mich ganz durcheinander.« Ich lache und gebe ihm einen sanften Kuss auf die Wange. Ich liebe Pepper bereits seit der Schulzeit, aber er ist nun mal ein richtiger, echter Friese und Insulaner. Ein Menschenschlag, der gemütlich ist und, auch wenn es negativ klingt, eher langsam. Zu etwas drängen ist bei ihm und vielen anderen keine gute Idee, aber wenn sie sich einmal entschieden haben, sind sie die besten Männer, die man an seiner Seite im Leben haben kann. Wir werden im Januar heiraten, und es wird eine wundervolle Hochzeit geben. Mit vielen Verwandten, Bekannten und Freunden von der Insel. Die Party wird sicherlich super, aber sie ist für mich nur zweitrangig. Sie besiegelt oder feiert ein Versprechen, das mir Pepper schon vor Monaten gegeben hat. Still, einfach, aber mit einer Ehrlichkeit in der Stimme, die keinen Zweifel daran lässt, wie ernst es ihm damit ist und wie sehr er mich liebt. Dieser Tag war für mich der schönste in meinem Leben. Die Hochzeit selber wird toll und gewiss auch sehr emotional werden. Doch das eigentliche Versprechen haben wir uns bereits gegeben.

»Ich liebe dich, Pepper, und das kann sich zur Abwechslung mal nicht der Strandkorb zuschreiben. Trotzdem aber wollte ich für mein Vorhaben genau diesen haben.«

»Womit du ganz gewiss ins Schwarze getroffen hast. Die Besucher werden begeistert sein.«

»Dann sollte ich wohl mal weitermachen.« Erneut beuge ich mich zu ihm, um ihm einen Kuss auf die Wange zu geben. Dann stehe ich auf und sehe alles bildlich bereits vor mir. Am Nachmittag werde ich mit meiner Schwester Heike aufs Festland fahren und dort den Großmarkt besuchen. Ich bin mir sicher, dass das Auto danach brechend voll sein wird. Heike backt bereits seit Tagen Weihnachtsplätzchen, dazu Lebkuchen in einer speziellen Variation, und sie hat mir gestern sogar noch eine neue Tortenkreation präsentiert. Von den anderen lecker nach Weihnachten duftenden und auch schmeckenden Kuchen will ich gar nicht reden. Keine Ahnung, wie sie das alles stemmt. Dazu backt sie ja noch jeden Morgen frisches Brot und Brötchen. Gut, die Saison ist jetzt vorbei, und es ist doch so, dass es nun weniger ist, aber trotzdem muss es gemacht werden. Ihr Azubi, den sie letzten September eingestellt hat, ist ihr eine gute Hilfe, und auch Janus, der hier im Frühjahr aufgetaucht ist und ihr seine Hilfe angeboten hat, macht sich, wie sie sagt, sehr gut. Das freut mich für sie, denn ich hatte doch hin und wieder Sorge, dass sie sich übernimmt. Es war diesen Sommer bestes Wetter, und ich glaube nicht, dass auch nur ein Fremdenzimmer eine Nacht leer war. Es war eine gute Saison, die aber auch sehr viel Kraft gekostet hat und bei uns Insulanern Spuren hinterlassen hat. Ich hatte das Glück, vier weitere Saison-Servicekräfte anstellen zu können, die nicht nur ihre Arbeit wirklich ordentlich gemacht haben, sondern auch Spaß daran hatten. Zudem in der Küche jemanden, der sich um das viele Geschirr gekümmert hat. Wie gesagt, es war eine gute Saison, aber jetzt möchten wir genau diese mit einem Special Event abschließen. Ich notiere mir noch einige Dinge, und dann fährt schon Heike mit ihrem Transporter vor, und wir fahren los, um in Wittdün auf die Fähre zu fahren und mit einem vollen Fahrzeug und seligem Lächeln auf den Lippen am späten Abend zurückzukehren.

»Am liebsten würde ich sofort damit beginnen, doch es ist bereits zu dunkel dafür.« In meiner Wohnung über dem Café aber stelle ich noch zusammen mit Heike den Flyer fertig, und wir drücken sozusagen gemeinsam den Knopf, um diese zu bestellen. Express, damit sie ab dem Wochenende verteilt werden können. Pepper meinte zwar, ein, zwei Anrufe an den richtigen Stellen würden ausreichen. Da hat er nicht unrecht, der Inselfunk würde das Event in kürzester

Zeit über die Insel tragen. Trotzdem finde ich, dass ein Flyer dazugehört.

»Das wird super.«

»Stimmt, mich sorgt nur ein Detail etwas.« Überrascht sehe ich Heike an.

»Das wäre, wenn es ein Erfolg wird, dann ... werden wir das wiederholen müssen.« Ich grinse.


»GUT MÖGLICH. So weit aber denke ich jetzt noch nicht. Wie geht es eigentlich Janus?« Der Themenwechsel bringt Heike wie gewollt etwas durcheinander.

»Was ... was soll mit ihm sein?«

»Ach, nur so. Du solltest ihn in den Strandkorb setzen ...«

»Was? Nein!« Sie bekommt rote Flecken.

»Ah, habe ich da etwa einen wunden Punkt erwischt?«

»Heike, was läuft da zwischen dir und dem jungen, gutaussehenden Mann?«

»Nichts.«

»Das glaube ich dir nicht.«

»Ich muss gehen.« Lachend meine ich nur.

»Eher flüchten habe ich das Gefühl.« Sie erwidert nichts, verabschiedet sich aber, und ich bin nun alleine. Pepper hat Spätschicht und wird erst nach Ankunft der letzten Fähre ankommen. Ich notiere mir in dieser stillen Zeit noch einiges, und als der Schlüssel im Schloss ertönt, schalte ich den Laptop aus und begrüße Pepper. Wir bleiben nicht mehr allzu lange wach und gehen schlafen, um für den Morgen ausgeschlafen zu sein.

»War euer Einkauf von Erfolg gekrönt?«

»Selbstverständlich.« Er lächelt.

»Das freut mich. Ich bin kaputt. Irgendwie ist es anstrengender, wenn nicht so viel los ist, als wenn ich jede Sekunde etwas zu tun habe. Die Zeit vergeht zügiger.«

»Dann, mein lieber zukünftiger Ehegatte, sollten wir unsere Häupter auf die herrlich duftenden, frischen Bettlaken legen. Denn ich habe die Bettwäsche heute Morgen gewechselt.«

»Klingt nach einem perfekten Plan. Der Strandkorb war brav?«

»Ich habe nichts Gegenteiliges gehört. Allerdings habe ich Frieda vorbeiradeln gesehen.«

»Dann weiß also die gesamte Insel schon, dass da etwas Ungewöhnliches im Gange ist.«

»Möglich.«

## HEIKE

Ihn in den Strandkorb setzen, ja klar, was Meike für witzige Gedanken hat. Nun ja, wenn ich ehrlich bin, dann ist mir derselbe Gedanke ja bereits gekommen. Janus stand im Mai plötzlich in der Bäckerei und fragte, ob ich vielleicht Arbeit für ihn hätte. Er sei auf der Durchreise und suche einen Job. Zuerst habe ich erst einmal den Kopf geschüttelt.

»Sorry, aber ...«

»Ja?«

»Bei dem Wort »Durchreise«, da muss ich gestehen, läuten bei mir alle Alarmglocken.«

»Was meinen Sie?«

»Du, ich bin Heike.« Zu mir im Stillen sage ich: »Hölle, hat dieser Mann eine Ausstrahlung und diese Augen und seine Statur und ...«

»Was meinst du damit?«, fragt er erneut.

»Liegt, denke ich auf der Hand. Ich stecke viel Energie in dich, indem ich dir alles zeige, erkläre und beibringe, wie ich es haben möchte. Ich nehme, da ich nun einen Mitarbeiter habe, mehr Bestellungen an, und dann, wenn du alles kannst, kommt das Wort »Durchreise«, also so viel wie ... ich reise weiter. Dann stehe ich wieder alleine da und das womöglich mitten in der Saison. Zu diesem Zeitpunkt werde ich niemanden finden.« Er nickt.

»Du suchst also jemanden für länger.«

»Ja. Aber auf jeden Fall jemanden, der bis zum Ende der Saison bleibt, noch lieber bis zum Jahresende. Darüber hinaus sehr gerne auch, nur müsste ich wissen, wie es zur nächsten Saison ausschaut.« Janus sieht sich um, und sein Blick geht Richtung Backstube.

»Willst du dich umsehen?«

»Wenn ich darf?«

»Gerne.« Was soll ich sagen, nach einer halben Stunde habe ich ihn eingestellt. Mit einem Vertrag, der bis Ende des Jahres läuft. Das ist zwar keine Garantie, aber irgendwie glaube ich ihm, dass er zumindest so lange bleibt. Woher er kommt oder warum er auf der Durchreise ist, das hat er mir bis heute nicht erzählt. In einigen Wochen endet der Vertrag. Noch habe ich mich nicht getraut, zu fragen, ob er vielleicht bleibt. Was mich freuen würde, denn so verschwiegen und geheimnisvoll er auch ist, er interessiert mich mit jedem Tag mehr. Da sind Gefühle in mir. Schöne. Mein Herz klopft etwas schneller, wenn er neben mir steht, wenn er mich anlächelt. Und dann wieder muss ich anerkennen, dass er ein hervorragender Bäcker und Konditor ist. Ich bin unglaublich froh, dass er mir in diesem Jahr geholfen hat. Alleine wäre es nicht möglich gewesen, so viele Backwaren anzubieten oder zu backen, plus Meike jeden Tag frische Kuchenrationen für das Café zu liefern. Trotzdem weiß ich über ihn eigentlich immer noch nichts. Dass er gut aussieht, backen kann, Charme hat, und seine Augen diesen melancholischen Ausdruck haben, wenn er glaubt, unbeobachtet zu sein. Er interessiert mich mit jedem Tag mehr, und gleichzeitig habe ich Furcht, dass ich mich zu sehr in ihn ver..., das nicht, aber ... ich lüge mich an. Ich mag ihn und seine stille Art. Sein Äußeres und wie er mit Thorsten, meinem Azubi, umgeht. Ich ... Meike hat schon recht, am liebsten würde ich ihn in den Strandkorb setzen und nicht nur auf die Magie, die man ihm nachsagt, hoffen, sondern auch einen Feenzauber über ihn schütten, um den Korb hüpfen und ihn selber nach altem Brauch verzaubern. Meike würde sich totlachen, wenn sie das hören oder erfahren würde. Aber ich bin mir sicher, dass auch hier auf Amrum die Feen umherschwirren. Als ich geparkt habe und die erste Kiste in die Bäckerei tragen will, steht der Mann, über den ich gerade nachdenke, direkt hinter mir.

»Moin, kann ich helfen?« Etwas erschrocken drehe ich mich um, pralle gegen ihn und lasse beinahe die Kiste fallen.

»Hoppla, langsam.«

»Entschuldige.« Sein markanter Duft strömt in meine Nase. Diese spezielle Mischung aus dem Duft der Backstube, seinem Deo und Eigennutz. Die Mischung ist ... ich schnuppere. Erst als er seine Arme hebt, um selber an sich zu riechen, und mich fast entsetzt fragt: »Müffle ich etwa?«, reiße ich meine Augen auf und stottere, gebe ich zu.

»Soo ... rrrr ... y ... das. Entschuldige, nein, natürlich nicht.« Dann reiche ich ihm die Kiste, drehe mich um und nehme die zweite aus dem Fahrzeug, diese trage ich in die Backstube. Danach beginne ich die Gewürze und Zutaten, die ich eingekauft habe, zu verräumen.

»Nachschub?«

»Ja, und im Großmarkt war heute ein Gewürzhändler, der hatte unglaubliche tolle Sachen. Ich musste zuschlagen, und ich bin mir sicher, dass wir in den kommenden Wochen viel davon verwenden werden. Riech mal.« Ich halte ihm die offene Dose mit gemahlenem Kardamom unter die Nase. Er schnuppert und nimmt die Dose an sich. Ich öffne den Zimt, der so unglaublich intensiv duftet, und reiche ihm auch diesen. Dann die Nelken. Wir genießen in stiller Eintracht diese wundervollen Düfte. Janus steht da mit geschlossenen Augen, nimmt sich auch von jedem Gewürz eine Fingerspitze und lässt sich diese auf der Zunge zergehen.

»Und dieses Chili, hat er mir noch zuletzt empfohlen. Er meinte, zu Schokolade und Fruchtmus, würde es perfekt harmonieren und sich ergänzen.«

»Den teste ich jetzt nicht.« Ich lache.

»Angst, dass er dir zu scharf ist?«

»Mir kann nichts zu scharf sein.«

»Auch ich nicht?«, meine Klappe ist wieder viel zu schnell. Ich erstarre. Ich bin mir sicher, dass auch er spontan antwortet.

»Ganz gewiss nicht«, erwidert Janus und blickt mir, meine ich, zum ersten Mal so richtig in die Augen. Und ich glaube, dass ich mehr in ihnen erkenne. *Ist das Interesse an mir? Oder bilde ich mir das einfach nur ein?* Er wendet den Blick ab. Doch er lässt meine Herausforderung, was den

Chili angeht, nicht so stehen. Janus tritt zum Kühlschrank und nimmt sich etwas von dem Pflaumenmus heraus, das ich für die morgige Friesentorte bereits vorbereitet habe und zum Abkühlen in den Kühlschrank gestellt habe. Er nimmt einen Löffel voll aus der Schüssel und gibt eine Prise Chili darauf. Er schiebt diesen in seinen Mund und lässt es auf der Zunge vergehen. Dabei hat er seine Augen geschlossen. In meiner unteren Körperhälfte wird es nicht nur warm, sondern auch ... Hölle, ist dieser Mann ... bis ich bemerke, dass er seinen Blick erneut intensiv auf mich gerichtet hat.

»Der Händler hat nicht gelogen. Das Chili ist traumhaft. Du solltest damit Friesenpralinen herstellen.«

»Was?« Ich bin noch etwas verwirrt oder im Schock? Und er ... er grinst. Und jetzt glaube ich, stöhne ich ... leise, nur für mich und ... ich schlucke. Er nimmt einen weiteren Löffel voll, gibt Chilipulver darauf, und der gefüllte Löffel ist vor meinen Lippen. Unwillkürlich öffne ich den Mund, halte den Atem an, schmecke ... nicht das Chilipulver oder das Pflaumenmus, sondern ... ihn. Verdammt, ich habe ein Problem. Und damit meine ich nicht das Problem, das ich habe, wenn er geht und ich wieder einen neuen Mitarbeiter suchen muss. Dieses Problem ist von ganz anderer Natur.

»Und?« Verwirrt sehe ich ihn an.

»Was?«

»Was hältst du von Friesenpralinen? Pflaumenmus mit Chili, umhüllt von herber dunkler Schokolade. Also mich könntest du damit überzeugen.«

»So sehr, dass du bleibst?« Ich sehe es schon an seinem Blick, dass dies der falsche Moment war. Dass ich einen Fehler begangen habe. Deshalb rede ich, ohne darauf einzugehen, weiter.

»Du hast recht. Ich werde später vielleicht noch zusätzliches Pflaumenmus kochen und morgen mal einen Versuch starten.« Dann gehe ich raus und hole die letzte Kiste auch noch aus dem Transporter. Janus ist nicht mehr in der Backstube, als ich zurückkomme. Es ist spät, eigentlich sollte ich schlafen, denn ich muss morgen um vier Uhr aufstehen und dafür sorgen, dass es frische Brötchen gibt. Janus und auch Thorsten haben am Sonntag frei, da ich in der Nebensaison nur für Meike Brot und Brötchen backe und noch für zwei Hotels. Das reicht völlig, denn der Kuchen muss ja auch noch fertiggestellt werden. Da ich aber die Idee von Janus richtig gut finde und kreative Arbeit immer schon meinen Geist beruhigt hat, beginne ich genau diese Kreation herzustellen. In verschiedenen Stärken und Variationen. Mal mit Chili und anderen Gewürzen. Ich verziere sie mit Pistazien oder auch mit Schokoladenschneeflocken. Einige bekommen Goldstaub und Silberstaub. Ich finde sie alle wunderschön. Doch letztlich wird der Geschmack entscheiden oder der Kunde. Glücklich stelle ich alle in den Kühlschrank und gehe nun müde ins Bett. Ich bin gespannt, was Janus zu den Pralinen sagen wird. Wieder ist er in meinen Gedanken, doch nur kurz oder anders gesagt, ich träume von ihm. Vom Strandkorb und da ist immer dieser Blick, den er mir zugeworfen hat. Ich ... das Klingeln des Weckers holt mich wieder zurück in die Wirklichkeit. Drei Stunden Schlaf sind einfach zu wenig. Daran bin ich selbst schuld. Muss mich also aufraffen, um aufzustehen. Kurz gehe ich unter die Dusche und dann runter in die Backstube. Als mich die Gerüche umhüllen, da übernimmt die Freude auf die Arbeit und vergessen ist die Müdigkeit. Routiniert beginne ich und hole gegen sechs Uhr am

Morgen das letzte Blech Brötchen und Brote aus den beiden großen Öfen, die noch zu einem großen Teil der Bank gehören, heraus. Danach packe ich alles in die Körbe. Bald werden diese abgeholt werden. Währenddessen beginne ich mit den Torten für Meike.

## STRANDKORB SIEBEN

Interessante Gespräche bekomme ich hier mit. Ein Event, bei dem mein Besitzer eine wichtige Rolle spielen soll. Habe ich tatsächlich die Menschen davon überzeugt, dass ich magische Kräfte besitze? Das gefällt mir sehr gut. Auch, dass Meike und Pepper sich neben mich gesetzt haben und sich ihre Liebe gestanden haben. Gut, Meike hat recht, damit hatte ich nichts zu tun, aber ich denke, ein wenig zusätzliche Magie kann nie schaden. Und Heike, das war noch interessanter. Sie kam fast, möchte ich sagen, aus dem Haus gerannt und murmelte etwas über einen Janus und wie sie alles mitbekommen muss oder so ähnlich. Dann setzte sie sich in ihren Transporter und fuhr meiner Meinung nach viel zu schnell davon. Da fällt mir etwas ein: *Hat Levka nicht zu Raffaele gesagt, dass sich Lars und Heike annähern?* Es scheint, als ob das ein Ablenkungsmanöver war. Ich bin gespannt, ob ich noch mehr erfahre, während ich hier vor dem Café stehe. Soweit ich verstanden habe, darf ich hier länger stehen bleiben.

## MEIKE

Am Morgen fahre ich zuerst zur Bäckerei von Heike, um die Torten und Brötchen für den Tag abzuholen. Sie begrüßt mich wie immer, und ich bin so nett, und führe unser Gespräch vom gestrigen Abend nicht weiter.

»Schon munter?«, frage ich sie.

»Nun ja, munter würde ich das nicht nennen, ich habe keine drei Stunden geschlafen. Ehrlich gesagt werde ich mich, sobald alle ihre Bestellungen abgeholt haben, wieder ins Bett legen.«

»Wieso hast du nicht geschlafen? Heike, übertreibe es nicht.«

»Schon gut, ich war kreativ, und du bist die Erste, die testen darf.« Sie geht zum Kühlschrank und nimmt ein Tablett heraus, auf dem wunderschöne Pralinen stehen.

»Wow! Hast du die etwa heute Nacht noch gemacht?«

»Ja, Janus ... Janus hatte die Idee, Friesenpralinen herzustellen, und als der Gedanke in meinem Kopf war, musste ich loslegen. Du darfst aber nicht einfach probieren, ich möchte genau wissen, wie du sie findest. Zuerst das Aussehen. Welche Praline gefällt dir am besten?« Heike holt einen Zettel und sieht mich erwartungsvoll an. Ich kenne das. Heike möchte echtes Feedback, und es freut mich, dass ich heute eine der Ersten bin, die ihre neue Kreation begutachten und probieren darf.

»Es kommt darauf an. Wenn du sie das ganze Jahr über anbieten möchtest, definitiv die mit weißer Schokolade und Krokant. Die mit Gold sind großartig für Weihnachten, genauso wie die silbernen. Beide sind wunderschön. Sie sind alle gut, aber du möchtest Feedback.« Sie nickt nur.

»Die mit Pistazien gefallen mir äußerlich am wenigsten.«

»Dann mal los, Augen zu.« Da ich die blinde Verkostung kenne, befolge ich ihre Anweisung, und nach dem ersten Bissen explodieren meine Geschmacksknospen auf meiner Zunge. Ich kaue genüsslich, *denn wie könnte ich nicht?* Es schmeckt sensationell gut.

»Boah, ist die lecker, Heike. Ist da Chili drin? Da ist auch noch irgendein Gewürz drin und ist das Pflaumenmus?«

»Weihnachten oder für jeden Tag?«, fragt sie nur, ohne meine Frage zu beantworten.

»Diese hier mit Gold und Silber verziert ist auf jeden Fall für Weihnachten, die anderen Verzierungen passen auch für den Alltag. Sie schmeckt himmlisch.« Heike reicht mir ein Glas Wasser, und ich komme in den Genuss der zweiten Praline, die nicht weniger sensationell schmeckt, aber anders ist. Am Ende habe ich alle durchprobiert, bin pappsatt und sicher, dass wir eine weitere Attraktion in unserem kleinen Event anbieten können.

»Was sagt Janus dazu?«

»Er hat sie noch nicht gesehen und deshalb auch noch nicht probiert. Er hat heute frei, wie gesagt, es ist Sonntag, da komme ich alleine klar.«

»Ich bin gespannt, was er sagt. Aber diese Pralinen werden ein Verkaufsschlager. Du hast etwas wirklich Tolles kreiert, Heike. Du solltest sie als Amrumer Marke schützen lassen, und das meine ich ganz ehrlich. Aber jetzt muss ich gehen. Heute wird viel los sein, und morgen will ich mit der Dekoration beginnen. Bis später, Heike.«

»Schönen Tag dir.« Dann fahre ich vorsichtig die wenigen Meter von der Bäckerei zum Café und stelle die Torten in die gekühlten Auslagen. Ich setze Tee auf, bereite Pepper und mir ein Frühstück zu und trage es auf einem Tablett nach oben. Wir genießen diese Stunde am Morgen, bevor der Trubel beginnt. Es hat sich herumgesprochen, dass man bei mir gut frühstücken kann, und der Sonntagmorgen lädt dazu ein.

Ich weiß, dass Leeve und Tanja sich angekündigt haben, zusammen mit Leevke, Leon, Matthys und Lentje. Lilly wird sicherlich ebenfalls mitkommen. Ich habe ihnen bereits ihren Lieblingstisch reserviert. Sie sind Freunde geworden, obwohl das in jungen Jahren sicherlich nicht der Fall war. Wir Amrumer waren nicht besonders nett zu den Bogerkindern, und ich weiß, dass die drei, und Levka, die Jüngste, Zeit gebraucht haben, um uns zu vergeben. Das hat keiner von ihnen offen ausgesprochen, aber wir sind nicht dumm, und wir wissen, was wir falsch gemacht haben. Doch wir waren jung und wurden auch von unseren Eltern beeinflusst. Dass es falsch war, wissen wir alle. Levka, die Jüngste der Geschwister, ist noch nicht so weit. Auch das weiß ich. Sie zeigt es nicht. Sie lacht mit uns, schäkert mit uns, aber es ist immer eine gewisse Distanziertheit zu spüren. Es ist besser geworden ... glaube ich ... Sie hat den ganzen Sommer hier auf der Insel verbracht, zusammen mit Raphaele, ihrem Freund, der auch der Freund von Leon ist. Raphaele hatte in der Schweiz einen Autounfall und wurde schwer verletzt. Er musste sich eine längere Auszeit nehmen. Deshalb war er den Sommer über mit seinem Pfleger Viktor und Levka in der Niemeyerkate. Sie sind, als es ihm besser ging, zusammen nach Zürich zurückgefahren, mit Levkas Pferd, Flocke. Es wird interessant sein zu erfahren, ob sie hierher zurückkehren oder nur gelegentlich auf die Insel reisen. Da Levka die Patentante von Lilly ist, der Tochter von Lentje, ihrer Schwester, vermute ich, dass wir die beiden öfter hier sehen werden. Auf jeden Fall wird sie von mir eine persönliche Einladung für den Samstag vor Weihnachten erhalten, an dem wir das Highlight, eine Party, planen. Ich bin mir sicher, dass sie kommen wird, da ich vermute, dass sie Weihnachten hier bei ihren Geschwistern verbringen wird. Gut, Raphaele hat auch in der Schweiz Familie, aber ...

»Schläfst du?«

»Was?«

»Ich habe dich schon dreimal gefragt, ob du mir die Kanne mit dem Tee reichen würdest.« Ich lächle Pepper an.

»Sorry, ich habe nachgedacht.«

»In dem Fall nicht über mich.«

»Nun ja ...«, ich grinse, »nein, tatsächlich nicht. Ich habe mir überlegt, ob Levka und Raphaele wohl Weihnachten hier verbringen werden. Ich werde den beiden auf jeden Fall eine Einladung zusenden. Pepper?«

»Ja?«

»Ich glaube, das wird wirklich toll werden. Ich hoffe, dass der Wettergott uns wohlgesonnen ist.«

»Das wird schon werden. Ich bin da sehr zuversichtlich.«

»Ich liebe dich, Pepper, falls ich es dir heute noch nicht gesagt habe. Aber jetzt muss ich runter ins Café, bevor es gestürmt wird. Und wenn du noch Zeit hast, bevor du zur Fähre fährst, klopfe leise bei Heike an. Wenn sie noch wach sein sollte, dann lass dir von ihr die neueste Kreation geben, du wirst begeistert sein.«

»Ich soll Kuchen essen früh am Morgen?«

»Nein, sie hat Pralinen hergestellt, unglaublich leckere Pralinen.« Er nickt. Ich trinke den Tee noch aus, stelle die Tasse und den Teller auf das Tablett, dann stehe ich auf.

»Bis später.« Dann gehe ich zu meinen Mitarbeitern ins Café, und wir bereiten noch alles vor, bevor wir die Tür öffnen. Bald schon sind die ersten Gäste da, und alle fragen sich und auch mich, was es denn mit dem Strandkorb auf sich hat. Die Bogers, ich nenne alle so, erkennen natürlich sofort, um welchen speziellen Strandkorb es sich handelt, und Leevke fragt mich direkt.

»Meike, wie hast du Kapitän Klaas dazu gebracht, ihn hierherzubringen, und aus welchem Grund?«

»Charme? Und der Grund ... Geduld, Geduld, meine Liebe.« Sie sieht mich lachend an.

»Geheimnisse? Oh, wie spannend. Da bin ich ja mal gespannt, was der Inselfunk demnächst zu vermelden hat.« Lächelnd wechsle ich mit Leeve einen Blick aus, der tatsächlich stillgehalten hat.

»Was darf ich euch denn bringen?«, wechsle ich

geschickt das Thema. Nun ja, geschickt ist Ansichtssache, denn Tanja, die Frau von Leeve und unsere neue Inselärztin, meint: »Es klappt nicht, Meike, wir haben es bemerkt.« Sie zwinkert mir zu, und ich grinse.

»Ihr werdet es bald erfahren. Also?« Leon meint: »Das Friesenfrühstück mit doppeltem Kaffee für mich, bitte.« Sie bestellen alle nacheinander, und da ich weiß, dass die sechs zusammengehören und das auch akzeptieren, stelle ich nur Minuten später einen Korb Brötchen auf den Tisch, sowie alles, was dazu gehört, auf einer großen Platte. Und nicht extra auf einzelnen Tellern. Dazu reiche ich frisch zubereitetes Rührei mit frischen Kräutern und etwas Birchener Müsli, selbst zubereitet. Eine Spezialität des Hauses und laut Pepper das beste, das er je gegessen hat, und er mich eigentlich nur deshalb heiraten wird. Gut, das Porridge an den kalten Tagen liebt er ebenfalls. Noch aber ist es nicht so kalt, deshalb biete ich es heute auch nur auf extra Bestellung an. Das Café füllt sich, und meine Mitarbeiter und ich, haben viel zu tun. Die Stunden bis nach Mittag vergehen wie im Flug. Einige Leute gehen danach, andere bleiben noch sitzen und genießen auch noch ein Glas Wein. Lentje geht mit Tanja und Leevke zusammen mit Lilly eine Runde spazieren, und ihre Männer genehmigen sich in dieser Zeit ein herbes Pils. Später stoßen auch noch Lars und Malte dazu, und es wird ein feucht fröhlicher Sonntagnachmittag. Pepper, der nach Dienstschluss zu der Gruppe stößt, hat auch noch seinen Spaß. Ich selber aber muss durcharbeiten. Das ist nicht jeden Tag oder Sonntag so, doch heute bin ich es, die Dienst hat und beinahe nicht zum Durchatmen kommt. Was natürlich auf der einen Seite toll ist, denn so klingelt die Kasse und der Kuchen verdirbt nicht. Gegen vierzehn Uhr kommen einige ins Café, nur um sich Kuchen für daheim abzuholen. Tatsächlich ist es so, dass ich gegen siebzehn Uhr ausverkauft bin. Es ist ein gutes Gefühl, so gut angenommen zu werden. Nicht nur bei den Touristen, sondern auch bei den Einheimischen. Für ein paar Minuten setze ich mich noch zu Leevke, Lentje und Tanja, die sich aber auch zeitnah zum Aufbruch bereitmachen. Als ich die Tür schließe und die Reinigungskraft sich bereit macht, alles auf Vordermann zu bringen, ziehe ich mich wirklich ziemlich erledigt, aber auch glücklich, in die Wohnung zurück. Pepper erwartet mich dort bereits und schiebt mich ins Bad. Ich bin gerührt. Bin ich immer, wenn er mir diese Seite von sich zeigt, die er vor den meisten Menschen versteckt oder nicht zeigen will, warum auch immer. Gerührt drehe ich mich zu ihm um.

»Danke, du bist der beste.«

»Lass dir Zeit, deine Füße müssen ja brennen, so viel los war schon lange nicht mehr, oder?«

»Ja, aber es war toll. Ich liebe es, wenn Leben in der Bude ist.« Langsam ziehe ich mich aus, denn das warme Badewasser zieht mich wie magisch an. Als ich mich in die Wanne lege und das duftende, warme Wasser mich umhüllt, stöhne ich leise. Pepper grinst zufrieden und verlässt das Badezimmer, um mich diese Stunde genießen zu lassen. Als ich in meinen Bademantel gehüllt ins Wohnzimmer trete, steht dort bereits ein Glas Rotwein, und er hat ein paar Brote zubereitet. Zusammen lassen wir den Abend mit dem obligatorischen Sonntagabendkrimi ausklingen und gehen später ins Bett. Morgen werde ich unser Projekt angehen.

## STRANDKORB SIEBEN

Also, ich muss sagen, ich bin wie sagt man das neumodisch »geflasht«. Die Kinder der Jugendherberge verwenden ab und zu solche Worte. Heute muss ich genau dieses Wort auch verwenden. Dieser neue Standort ist großartig. Ich erlebe hier wirklich tolle Dinge. Bereits nach diesen wenigen Stunden, die ich hier am Eingang stehe, könnte ich Geschichten erzählen, von denen meine Strandkorbkollegen nie erfahren würden. Und heute waren die Bogerkinder hier. Nun, nicht alle, aber doch drei von ihnen. Zu sehen, wie fröhlich und glücklich sie sind, hat mein Herz erwärmt. Damit niemand auf die Idee kommt, Strandkörbe bestünden nur aus Korbgeflecht und hätten kein Herz, dem kann ich sagen, dem ist ganz und gar nicht so.

## HEIKE

Da Meike am Sonntag immer die Letzte ist, die ihre Torten und Brötchen abholt, habe ich die Zeit genutzt und sie noch die Pralinen kosten lassen. Sie hat mir, wie auch Janus gestern, einen Floh ins Ohr eingepflanzt– eine Marke zu registrieren, sei es für Pralinen oder zumindest für meine Firma. *Ob das möglich ist?* Ich habe mich bisher noch nie mit so etwas auseinandergesetzt. Zuerst jedoch falle ich völlig erschöpft ins Bett und schlafe. Doch kaum am späten Nachmittag aufgewacht, ist dieser Gedanke wieder da. Ich nehme den Laptop in die Hand und recherchiere, ob es überhaupt lohnenswert ist. Dabei erfahre ich, dass man auch Tortenkreationen als Marken registrieren lassen kann. Interessant, doch eigentlich wusste ich, dass dies bei Brot möglich ist. Weshalb also nicht auch bei Torten. Da taucht erneut der Gedanke auf, einige meiner Torten oder vielleicht sogar die Pralinenrezepte registrieren zu lassen. Ich hätte da bereits einige Namen im Kopf. Da mich das Ganze so fesselt, scrolle ich weiter, um herauszufinden, ob diese

Namen bereits existieren. Als ich feststelle, dass sie nicht vergeben sind, investiere ich kurzerhand und lasse »Nebelzauber« und »Nebelküsse«, sowie »Friesenzauber« und »Friesenküsse« eintragen. Die Rechnung ist interessant, aber es ist eine Investition in die Zukunft. Die Herstellung der Pralinen hat mir Spaß gemacht. *Warum also nicht das Angebot erweitern oder ändern?* Als ich fertig bin und die Rechnung per E-Mail ausgedruckt vor mir liegt, überlege ich, wie viele dieser Pralinen ich verkaufen muss, um jemals diesen Betrag zu erwirtschaften. In diesem Moment tritt die Geschäftsfrau in den Vordergrund, und ich kalkuliere genau die Kosten und den Preis für eine dieser Pralinen. Nicht billig, aber ich werde sie auch nicht verschenken. Mein Handywecker klingelt, und ich verziehe mich für zwei Stunden in die Backstube, um den Teig für morgen anzusetzen, damit er gehen und ruhen kann, bis Thorsten und Janus um kurz nach vier Uhr kommen. Gesagt, getan. Ich könnte noch zu Meike gehen, aber die Nacht hat Spuren hinterlassen, und um meinen Schlafrhythmus nicht gänzlich durcheinanderzubringen, gehe ich zur gewohnten Zeit schlafen. Um kurz vor vier Uhr stehe ich auf, um mit meinen Helfern die Brote und Brötchen sowie die Kuchen für den Tag zu backen. Janus hat die Pralinen im Kühlschrank bereits entdeckt, und ich präsentiere den beiden meine Kreationen und Ideen, die wir gemeinsam verkosten. »Die sind aber lecker, Chefin«, bemerkt Thorsten. Ich aber schaue zu Janus, denn seine Meinung ist mir wichtig. Er nickt zustimmend und schließt die Augen, während ich unaufhörlich plappere und ihnen von meiner verrückten Idee erzähle, Markennamen zu registrieren.

»Und welche Namen wären das?«, fragt er mit geschlossenen Augen. Ich teile sie den beiden mit. Janus antwortet nach einem kurzen Moment.

»Sie passen perfekt, würde ich sagen. Du hast sicherlich jedes Gramm des Rezepts notiert, so wie ich dich kenne?«

»Selbstverständlich, und ich habe bereits berechnet, was sie kosten müssen«, antworte ich und erneut nickt er.

»Die werden sich verkaufen wie warme Semmeln. Apropos Semmeln, sollten wir nicht loslegen? Währenddessen überlege ich, welche Füllungen und Dekorationen mit welchen Namen gut harmonieren würden.« Wir arbeiten nun wie ein eingespieltes Team, und bald schon duftet es in der Backstube nach frisch gebackenem Brot, Brötchen und einigen Blechkuchen, die ich nebenbei zubereite. Die Torten werde ich später kreieren. Heute haben wir noch vor, gemeinsam Plätzchen für unser Event zu backen. Als die Plätzchen abgekühlt in der Backstube stehen, packe ich sie in vorbereitete Tüten und verschließe sie sorgfältig. Die Dekoration erfolgt später, ebenso bringe ich die kleinen Aufkleber mit dem Logo meiner Bäckerei, die ich zusammen mit Meike bestellt habe, später an. Das, was ich hier erschaffe, erfüllt mich mit einem gewissen Stolz. Um acht Uhr räumen meine zwei Verkäuferinnen die Auslagen ein, und ich mache mich zusammen mit Thorsten und Janus an die Torten. Kurz vor Mittag sind wir fertig, die Backstube ist aufgeräumt, der Teig für den nächsten Tag ist angesetzt, und Thorsten verabschiedet sich. Janus bleibt jedoch. Das Kribbeln in der Luft nimmt wieder zu. Er setzt sich mit den letzten Pralinen zu mir, und wir diskutieren über seine Meinung dazu. Nach einiger Zeit habe ich ein neues Produkt, das ich verkaufen werde, zunächst exklusiv auf unserer vorweihnachtlichen Veranstaltung.

»Das wird großartig«, meint Janus.

»Aber heute wird eure Idee, das kleine Event, das ihr plant, kein Geheimnis mehr bleiben, oder?«

»Stimmt, und ich vermute oder hoffe, dass die Flyer spätestens morgen eintreffen werden. Meike wird auch mit der Dekoration in ihrem Café beginnen. Dann bekommen alle mit, dass etwas im Gang ist. Zudem wird Leeve, der bisher wirklich dichtgehalten hat– Meike hat mir das in einer WhatsApp-Nachricht geschrieben– am Nachmittag mit Ole beginnen, die Buden aufzubauen, die Meike bei einem Händler im Internet bestellt hat.«

»War Leeve deswegen nicht etwas angepisst?«, fragt er mich.

»Nein. Die Sorge hatte Meike zuerst auch. Doch das Ganze ist ja ein Versuch, und wir wollten uns nicht mit den Kosten übernehmen. Deshalb hat sie erst mal kostengünstige Buden gesucht und erworben. Leeve hat das verstanden, zumal er gewiss den Auftrag kriegen wird, sollten wir das öfter machen und stabile, länger standhafte, benötigen«, erkläre ich. Janus nickt und will gehen. Doch aus irgendeinem Grund rede ich weiter: »Noch Lust auf ein Glas Wein?« Er zieht die Augenbraue nach oben und sieht mich an. Plötzlich wird mir bewusst, wie viel Uhr es ist und dass es ein Montagmittag ist. Ich hätte wohl besser gefragt, ob er mit mir essen gehen möchte. Mein Gesicht errötet leicht, und ich versuche, meinen Fauxpas zu relativieren: »Zum Essen kann man ja auch mal ein Glas Wein trinken.« Janus durchschaut meine Absicht und antwortet: »Ich lege mich erst mal hin. Ein anderes Mal vielleicht.« Meine Laune fällt in Sekunden rapide ab, aber ich versuche, es nicht zu zeigen. Offensichtlich hat er kein Interesse, und ich muss das akzeptieren. Das Kribbeln in meinem Bauch verschwindet jedoch nicht. Janus steht auf, geht zur Tür und sagt leise, fast unhörbar: »Ich bin nicht der Mann, den du in mir siehst, Heike. Verrenne dich nicht in etwas, was nicht geschehen wird.« Ich schlucke schwer. Das war eine klare Absage. Er verlässt den Raum, und die Tür schließt sich hinter ihm. Ich bleibe eine Weile einfach nur sitzen und starre auf die Tür. Ich war zu direkt, zu forsch. Janus hat die Signale, die ich ausgesendet habe, offenbar deutlich verstanden. Das Kribbeln in mir lässt nach, *oder bilde ich mir das nur ein?* Ich fühle mich ziemlich durcheinander und verwirrt, als ich schließlich in meine Wohnung gehe, ohne wie üblich im Verkaufsladen nachzusehen, ob alles in Ordnung ist. Ich brauche etwas Ruhe, um meine Gedanken zu ordnen. Doch immer wieder kehrt die Frage in meinem Kopf zurück: *Was meinte er damit, dass ich mir nichts ...?* Die innere Stimme gibt ihre Meinung dazu: »Er meinte damit, dass er kein Interesse an dir hat. Punkt. Akzeptiere das und schau dich anderweitig um. Lars ist da, ein echter Friese, der ehrlich und zuverlässig ist. Er wird dich unterstützen und auf Händen tragen.« Leise, nur für mich murmle ich vor mich hin: »Aber bei Lars gibt es kein Kribbeln in meinem Bauch, wenn er mich ansieht. Er ist einfach nur nett. Ich aber will mehr. Doch Janus hat kein Interesse, das hat er deutlich gemacht.« Müde lege ich mich für ein paar Stunden ins Bett und fahre am frühen Abend zu Meike, um ihr bei den Vorbereitungen zu helfen und herauszufinden, was die Inselbewohner von unserer Idee halten. Denn es ist unwahrscheinlich, dass diese Sache unbemerkt bleibt. Das Geheimnis wird heute gelüftet.

· · ·

VOR DEM CAFÉ herrscht reges Treiben. Pepper, Ole und Leeve sind bereits dabei, eine der drei Hütten aufzubauen, und es scheint gut zu klappen. Zumindest höre ich keine Flüche, was darauf hindeutet, dass Meike eine gute Wahl bei den Aufbauhütten getroffen hat. Zu meiner Überraschung sehe ich vier große Pakete liegen, was bedeutet, dass Meike doch noch eine weitere Hütte bestellt hat. Hoffentlich hat sie sich finanziell nicht übernommen. Ich werde auf jeden Fall mein Häuschen bezahlen, und wenn nötig, auch ein zweites. Die Idee ist gar nicht schlecht, und im Sommer könnten wir die Holzhütten vermieten. Es gibt genug Märkte und Feste, auf denen sie gebraucht werden könnten. »Moin, Heike, worüber grübelst du denn so intensiv nach?«, fragt mich Meike, als sie sich zu mir gesellt.

»Ertappt. Ich habe gerade überlegt, dass wir im Sommer die Hütten vermieten könnten. Und wenn ich 'wir' sage, meine ich, dass ich zwei davon bezahlen werde. Ich habe sehr wohl bemerkt, dass du eine zusätzliche Hütte bestellt hast.« Meike lächelt und sagt: »Darüber sprechen wir später, Schwesterherz.« Eine der Angestellten des Cafés ruft nach Meike, und sie verschwindet wieder. Ich beobachte das geschäftige Treiben und stelle mir bereits vor, wie toll es werden wird. An den ersten drei Adventssamstagen werden wir einfach gemütliche Treffen anbieten, aber am vierten Advent ist geplant, dass eine Musikgruppe auftritt. Wir haben auch eine Gauklergruppe und eine Gruppe, die nordische Tänze und Lieder aufführt, angefragt. So werden wir die Weihnachtstage begrüßen, mit vielen Freunden und Bekannten. Lachend schaue ich zu Frieda, die wie eine Generalin bei den Männern steht und Anweisungen gibt. Sie dreht sich zu mir um. »Moin, Heike, da habt ihr etwas

Wundervolles geplant. Ich habe das tatsächlich nicht mitbekommen und die Neuigkeit beinahe verpasst. Das wird großartig, und wenn ich das sage ... Außerdem habe ich bereits mit Meike gesprochen und mir eine dieser Hütten reserviert.« Überrascht und innerlich freudig gestimmt, sehe ich sie an.

»Ach ja?«, denke ich mir. Meikes Taktik hat geklappt, so war es geplant.

»Genau«, antwortet Frieda zufrieden lächelnd, als ob sie die Idee des Jahres hätte. Ich muss mir ein Grinsen verkneifen.

»Wir etwas betagtere Frauen hier von der Insel stricken doch in den kalten Wintertagen und bei Schietwetter vor dem Kamin so gerne. Klar, verschenken wir die Strickstücke oft, aber wir könnten sie ja auch verkaufen. Einige von uns hätten nichts gegen ein paar Euros mehr in der Rentenkasse. Ich werde Matthys heute noch fragen, ob er etwas dagegen hat.«

»Was meinst du damit, Frieda?«, frage ich.

»Matthys hat uns doch die Alpakawolle zur Verfügung gestellt. Er bringt einem befreundeten Alpakazüchter die geschorene Wolle seiner Tiere. Dieser Freund spinnt Wollfäden daraus, was anscheinend nicht so einfach ist, und seine Frau färbt die Knäule in wundervollen Farben. Beide haben ein geschicktes Händchen, das muss ich sagen. Aber mir ist auch klar, dass das Geld kostet, und wir können jetzt nicht einfach damit Geld verdienen, ohne dass Matthys seine Zustimmung dazu gibt. Nun ja, es ist jetzt nicht übermäßig viel Wolle, aber ich möchte ihn nicht verärgern, wir freuen uns ja, wenn wir im nächsten Jahr Nachschub bekommen.«

»Ich glaube, da müsst ihr euch keine Sorgen machen, Frieda.«

»Vermutlich nicht, und wenn es ihm nicht recht sein sollte, dann gibt es ja noch andere Wolle. Oh, ich freue mich jetzt schon darauf und werde heute Mittag den Strickkreis benachrichtigen, dass wir stricken müssen, was die Finger hergeben. Ich bin mir sicher, dass Mützen, Strümpfe und warme Handschuhe ihre Abnehmer finden werden. Ich habe auch noch ein paar Decken, und ... ja, ich glaube, das wird eine wundervolle Sache. Heike, du hast doch nichts dagegen? Ehrlich, eure Idee ist so super ... Und so unter uns, der Strandkorb hier ist genial. Auch wenn ich mich gewiss nicht in ihn setzen werde. Ich kann mir sehr gut vorstellen, dass das ein oder andere Pärchen sich mit Punsch darin niederlassen wird, auch wenn es nur für ein tolles Foto ist. Aber dann ... kann er zaubern, so viel er will. Das gefällt ihm gewiss sehr gut.« Frieda sprüht vor Energie und wechselt von einem Thema zum nächsten. Sie ist wirklich ein Unikat.

»Habt ihr auch an einen Weihnachtsmann gedacht? Ich meine, Heike, ich finde, ein Weihnachtsmann gehört einfach dazu, oder?«

»Selbstverständlich haben wir daran gedacht«, antworte ich. Jetzt schaut sie neugierig zu mir und wartet darauf, dass ich verrate, wer den Weihnachtsmann spielen wird, aber ich schweige.

»Und wer wird ...«, beginnt Frieda.

»Frieda, der Weihnachtsmann wird nicht gespielt, es gibt ihn einfach«, unterbreche ich sie und lächle. Sie zwinkert mir zu und meint: »Ich werde es schon noch herausfinden.« Das löst ein lautes Lachen bei mir aus.

»Frieda, Frieda.«

»Heike, backst du wieder Plätzchen? Ich meine, deine Zimtsterne, die sind unschlagbar gut. Ich backe ja selbst sehr gerne, aber deine sind ziemlich perfekt. Und das sage ich jetzt nicht, weil ich mich einschmeicheln will, sondern weil ich wissen möchte, wer den Weihnachtsmann spielt.« Sie zwinkert mir erneut zu und redet weiter.

»Danke, Frieda, und ja, Janus, Thorsten und ich sind schon fleißig dabei, Plätzchen zu backen. Die Lebkuchen sind bereits fertig und reifen. Es ist so viel Arbeit, aber es macht unglaublich viel Spaß. Der Duft durch die Gewürze in der Backstube ist in dieser Zeit einfach herrlich. Da macht es auch fast nichts aus, dass der Rücken und die Füße vom Stehen schmerzen. Ich hoffe, die Plätzchen werden nicht nur alle gekauft, sondern auch genussvoll zu einer heißen Tasse Tee oder Kaffee gegessen und vor allem genossen.«

»Aber natürlich werden sie das. Heike, ich finde es wunderbar, dass du diesen Beruf erlernt hast und die Bäckerei deiner Großeltern übernommen hast, obwohl ich und jeder hier wissen, wie viel Arbeit dahintersteckt. Das frühe Aufstehen jeden Morgen, das alles zusammen, ist sicherlich nicht immer ein Zuckerschlecken. Wie gesagt, das ist uns, mir, auf jeden Fall, bewusst. Wir hier in Nebel und auf der Insel schätzen es sehr, dass wir täglich dein frisches Brot und die Brötchen kaufen können und nicht das industriell angefertigte Zeug essen müssen. Zudem diese wundervollen Torten, die du backst ... Was ich sagen will, nimm dir zwischendurch auch eine Auszeit. Du hast doch jetzt mit Janus einen kompetenten Helfer in der Backstube, und Thorsten ist ja auch nicht ungeschickt.« Ich komme gar nicht dazu, etwas zu erwidern, denn Frieda wechselt erneut das Thema, quasi mitten im Satz.

»Weißt du eigentlich in der Zwischenzeit mehr über Janus? Hat er dir erzählt, woher er kommt und was ihn hierher auf die Insel getrieben hat? Und wird er bleiben? Ich meine, das wird er doch, oder?« Sie sticht damit unbewusst in die Wunde, die mir Janus vorhin zugefügt hat. *Renn dich nicht in etwas rein, was nichts werden wird, hallt mir sein Satz im Kopf nach.*

»Ich weiß es nicht, Frieda, und nein, ich kann dir nicht mehr über ihn sagen, als dass er ein super Bäcker ist und mich unglaublich gut unterstützt. Aber noch hat er sich nicht dazu geäußert, ob er bleibt. Das wird sich sicher in den kommenden Wochen herausstellen, zumal ich einen Ersatz suchen muss, um die kommende Sommersaison durchzustehen, sollte es für mich wirklich ungünstig ausgehen. Aber jetzt freuen wir uns erst mal auf die kommenden Wochen. Schau mal, die erste Hütte steht, und ich sollte jetzt Meike beim Schmücken helfen, dafür bin ich ja eigentlich auch gekommen.« Ich schaue auf die Jungs, die fleißig arbeiten, und muss erneut schmunzeln. Frieda ist einfach ein kleiner Inselgeneral, aber auf eine liebenswerte Weise.

IN DEN FOLGENDEN zwei Stunden helfe ich Meike dabei, das Café und die ersten zwei Hütten zu schmücken. Meike hat ein gutes Gespür für Dekoration, und ich überlasse es ihr, wie sie es gestalten möchte. Schließlich ist es ihr Café, und es soll nach ihren Vorstellungen dekoriert werden. Wir haben in der Tat nicht gespart und teurere Solarlichterketten gekauft, die auch mit Batterien betrieben werden können. Wir haben lange überlegt, ob wir natürliche oder künstliche Tannenzweige verwenden sollen, und uns schließlich für Letztere entschieden. Die Girlanden aus Tannenzweigen können wir gut aufbewahren und einige Jahre lang verwenden. Man muss eben Kompromisse eingehen. Aber wir planen natürlich, dass dieses Event sich in den kommenden Jahren wiederholen wird. Der Strandkorb kommt nach der ersten aufgebauten Hütte dran. Als ich damit fertig bin, rede ich mit ihm. Wie verzweifelt ich sein muss.

»So, mein Lieber, jetzt siehst du aber richtig toll aus. Das Grün steht dir, und bald wird es dunkel genug sein, dass die kleinen LED-Lichter dich zum Strahlen bringen. Weißt du ... sollte ... ich rede nicht weiter.« Ich setze mich für einen Moment in den Strandkorb und flüstere leise vor mich hin. »Ich glaube ja nicht an Wunder oder deinen Zauber, aber du darfst mich gerne überzeugen.« Ich lache laut über meine eigene Albernheit und versuche, diese seltsame Stimmung abzuschütteln. In diesem Moment tritt Meike zu uns und bittet die Jungs und mich zu sich. Sie trägt ein Tablett mit Tassen, auf dem zwei Kannen stehen, eine mit Tee und eine mit Kaffee. Es sind noch nicht die von uns bestellten Tassen, da wir uns noch ein paar kleine Geheimnisse bewahren möchten. Meike lächelt mir zu und flüstert: »Sie sind für morgen angekündigt.«

»Gibt es noch mehr Geheimnisse?«, fragt Leeve, der als Erster zu uns tritt. Meike lächelt nur, und ich sage zu ihm: »Danke, dass du dichtgehalten hast.«

»Ich habe das gerne getan, auch wenn ich von Leevke und Lentje sicherlich einen Rüffel bekommen werde. Aber ich werde die Hiebe wie ein Krieger ertragen.« Ich schubse ihn liebevoll in die Seite.

»Das mit Odin und Thor wird klappen?«

»Wenn das Wetter nicht überaus mies ist, wovon ich nicht ausgehe, auf jeden Fall. Matthys hat ja einen topmodernen Tiertransporter gekauft, darin sollte es die beiden nicht zu sehr stressen. Wenn doch, brechen wir das einfach ab.«

»Auf jeden Fall.« Ich greife nach meiner Tasse und schenke mir Kaffee ein. Nachdem wir noch ein paar Minuten geplaudert haben, verabschiede ich mich. Morgen früh wird der Wecker wieder um vier Uhr klingeln.

»Bis morgen, ich muss.«

»Bis morgen, Heike«, rufen mir alle hinterher. Als ich am Strandkorb vorbeigehe, murmle ich ihm erneut zu: »Ich glaube nicht an deine Magie, aber wenn doch ... du weißt ja, was du zu tun hast.« Lachend gehe ich zum Auto und fahre die kurze Strecke zur Bäckerei. Dort angekommen, gehe ich direkt in meine Wohnung, unter die Dusche und dann ins Bett.

## STRANDKORB SIEBEN

Ich möchte immer hierbleiben. Wie herrlich ist das denn hier! Jetzt habe ich noch einen Kranz aus grünen Girlanden um mich und die Lichter sind bereits eingeschaltet, und ich glaube, ich sehe besser aus denn je. Und was man hier nicht alles mitbekommt! Es ist fantastisch hier, um es genau zu sagen. Gut, das Meer ist nicht hier, doch ich komme den ganzen Tag über aus dem Schauen und Lauschen nicht heraus. Und vorhin war Heike bei mir. Und ich habe genau zugehört. Ich werde mir das, was sie mir anvertraut hat, sehr gut merken, nur wer dieser Janus ist oder sein soll, das muss ich noch herausbekommen. Ich sollte mich vielleicht einmal intensiv mit Frieda unterhalten. Sie scheint mir die Person zu sein, die weiß, was hier auf der Insel los ist. Ach, wie freut es mich, dass ich hier stehen darf. Auch wenn es bei Nacht durchaus kalt wird, aber gut, da muss ich durch und … wer weiß, ob nicht doch hin und wieder ein Pärchen in mir sitzt und die Liebe, die die beiden ausstrahlen, mich wärmt. Seufz.

## MEIKE

Es wird toll. Morgen ist bereits der erste Adventssamstag. Die Flyer wurden überall im Eiltempo verteilt, nicht nur auf der Insel. Tanja und Lentje haben sie in ihren Praxen ausgelegt. Und Kilian, der bei Leeve zu Besuch war, hat welche nach Dagebüll mitgenommen und in seinem Hotel an der Rezeption ausgelegt. Pepper auf der Fähre, und was soll ich sagen, wir mussten sogar nachdrucken lassen.

HEUTE IST reges Treiben vor dem Café angesagt. Frieda und ihre Mädels von der Strick- und Handarbeitsgruppe richten ihre Bude ein. Ich blicke nur in erfreute und aufgeregte Augen. Viele neugierige Kinder aus Nebel schwirren herum, und was ich sympathisch finde, sie helfen den doch zum Teil betagten Damen, beim Tragen oder auch beim Aufhängen von Sachen. Klara Hansens Enkel Sonte ist da und hat Klara, die nicht mehr gut zu Fuß ist, hergefahren. Sie steht mit ihrem Rollator vor der Bude und gibt zusammen mit Frieda und Anita, einer weiteren Dame aus dem Strickkreis, Anweisungen, wie er die Leine über der Bude aufhängen soll. Vor allem die Höhe ist wichtig, damit jede der Frauen die Strickstücke auch abhängen kann. Denn sie wollen alle mal für eine kurze Zeit verkaufen. Leeve hat extra die Tür verbreitert, da der Rollator von Klara nicht hindurchpasste. Auch an der Rückwand bringt Sonte nun eine Leine an. An dieser hängen die Damen mit Wäscheklammern, die sie weihnachtlich verziert und beklebt haben, die Strümpfe, Mützen, Handschuhe und Schals auf. Es sieht bald schon zauberhaft aus. Vorne an der Auslage liegen viele weitere handgefertigte Teile. Ich gebe zu, dass ich dafür überhaupt kein Geschick habe oder Geduld aufbringen kann. Eine Garnitur aus Mütze, Schal und Handschuhen fällt mir jedoch sofort ins Auge, als Frieda die Teile auslegt. Ich trete näher, nehme die Mütze in die Hand und betrachte sie. Die Farben sind wunderschön. Vorsichtig setze ich sie auf und betrachte mich im Spiegel, den Sonte ebenfalls bereits angebracht hat.

»Die ist wunderschön, und sie schreit geradezu danach, dass sie zu mir will, Frieda. Reservierst du die für mich? Oder noch besser, kann ich sie euch gleich abkaufen? Und ja, ich weiß, so war das nicht gedacht, aber ganz ehrlich ... die muss zu mir.« Pepper tritt neben mich.

»Na, hübsche Frau? Ich dachte ja, dass der kleine Markt erst am Samstag eröffnet, aber ich gebe zu, du hast recht, die Mütze steht dir ausgezeichnet.« Er nimmt seine Börse und reicht Frieda, ohne weiter nachzufragen, was es denn kostet, einen Schein und gibt ihr ein großzügiges Trinkgeld. So ist mein Pepper. Romantisch, auch wenn er es viel zu selten den Menschen zeigt. Selbst Frieda sieht in diesem Moment erstaunt aus. Pepper drückt mir einen Kuss auf den Mund und legt mir den weichen Schal um.

»Für meinen Weihnachtsengel.« Frieda legt eine Hand auf ihr Herz und seufzt, lächelt dabei aber und meint: »Da soll noch mal einer sagen, die Friesen sind zurückhaltende Kerle. Mir wird ganz warm ums Herz. Klara, was sagst du dazu?« Sie erwidert: »Die Liebe ist einfach etwas Wunderschönes, und zur Weihnachtszeit öffnen sich die Herzen.« Ich lächle bei ihren Worten, die einfach zutreffend sind, und hauche Pepper ein »Danke« zu.

LARS und die DLRG-Truppe werden in einer der Buden für das leibliche Wohl sorgen. Sie haben bereits den großen Grill gebracht, den sie auch bei anderen Anlässen benutzen, und einen Kühlschrank, in dem sie die Würstchen und weitere Grillsachen verstauen. Sie wechseln sich mit der Feuerwehr aus Nebel ab und teilen sich den hoffentlich erwirtschafteten Gewinn.

IN DER DRITTEN Bude habe ich mein Reich eingerichtet. Pepper und Malte werden diese betreiben, zusammen mit Maltes Frau und einem weiteren Paar aus Wittdün, die gute Bekannte von Malte sind. Es wird Glühwein und Cidre geben, sowie Punsch. Natürlich auch »tote Tante« und für die Erwachsenen einen Pharisäer. Die selbstgestalteten Tassen mit dem Logo von mir und Heike sind wunderschön geworden und sind noch das i-Tüpfelchen des Ganzen. Im Café selber reiche ich mit meinem Team Kaffee und Kuchen. Heike wiederum wird Plätzchen und Lebkuchen verkaufen. Zudem hat sie mir angekündigt, ihre Pralinen erstmalig vorzustellen. Thorsten, der mir gestern die Kuchen gebracht hat, da sie um acht noch nicht fertig waren, meinte, dass sie und Janus wirklich richtig viel davon hergestellt haben. Für ihn wiederum sei das nichts. Er hat sich an die Plätzchen und an die Backwaren gehalten.

ALS am späten Abend alle gegangen sind, setze ich mich mit Pepper in den Strandkorb, der in der Dunkelheit ein warmes Licht ausstrahlt. Wir halten beide eine Tasse duftenden Tee in der Hand und betrachten unser Heim, das im weihnachtlichen Lichterglanz erstrahlt. »Es sieht wunderschön aus, oder?«

»Ja, Meike, das tut es.«

»Pepper, du wohnst doch gerne hier bei mir oder? Ich meine, wir haben nie so richtig darüber geredet, es war ... irgendwie klar, dass ich nicht wegziehen kann. Da ist das Café ...« Pepper küsst mich auf das Haar.

»Ich wäre nicht eingezogen, wenn es mir hier nicht gefallen würde. Die Wohnung ist so großzügig und wir haben Platz genug, auch für eventuell mal in Zukunft ankommende kleine Seelen, die uns Papa und Mama nennen werden.« Ich lächle. Pepper kann das so lieb ausdrücken. Irgendwie glaube ich, dass sich Glück so anfühlen muss, wie das Gefühl, das ich im Moment verspüre. Erneut nehme ich einen Schluck Tee, kuschle mich nah an ihn und genieße mit ihm zusammen die Stille.

## STRANDKORB SIEBEN

Oh, wie schön. Ich fühle mich so gut wie selten, und wie könnte ich es nicht? Meike hat irgendwie recht, wenn sie sagt, dass sich Glück so anfühlt. Ein wunderschöner Satz, den ich mir merken werde. Ich bin gespannt, was hier morgen los ist. Die Spannung ist förmlich spürbar, und ich werde mein Bestes geben, um auf jeden Besucher hier einladend zu wirken.

## HEIKE

Janus und ich arbeiten in dieser Woche Hand in Hand, als ob dieses kurze Gespräch nie stattgefunden hätte. Doch so einfach, wie Worte klingen, ist es nicht, wenn Gefühle im Spiel sind. Dieses Kribbeln im Bauch, diese ständige Nähe – es macht alles komplizierter. Selbst in der Backstube, wo der Duft von Gebäck und Weihnachtsgewürzen intensiv ist, kann ich seinen Geruch jederzeit wahrnehmen. Es ist nicht einfach für mich, so zu tun, als ob ... Je mehr er sich von mir zurückzieht, desto mehr interessiert er mich. Er hat kein Interesse, das hat er deutlich gesagt. Ich bete die Worte wie ein Mantra vor mich hin, während ich die Pralinen dekoriere.

IN DER ZWISCHENZEIT haben wir bergeweise Plätzchen, Lebkuchen, Cookies und Pralinen hergestellt. Ich habe Glasbehälter bestellt, in die wir die Cookies legen werden, damit sie frisch und saftig bleiben, und natürlich auch zur Präsentation. Außerdem habe ich kleine Schachteln gekauft, in die jeweils vier Pralinen passen und die als kleine Geschenke verkauft werden können. Alles im Expressservice, bedruckt mit den Namen der Pralinen und dem Logo meiner kleinen Bäckerei. Das ist definitiv eine beträchtliche Investition für dieses Jahr, aber die Ideen kommen einfach durchs Tun, und das mit den Pralinen war ja nicht geplant.

DIE WOCHE WAR und ist stressig. Nach getaner Arbeit lege ich mich meist für ein paar Stunden ins Bett, um danach die Plätzchen in Tütchen zu verpacken, sie zu dekorieren, die vorgeschriebenen Labels anzubringen und so weiter. Dann packe ich die Pralinen in die kleinen Schachteln und verschließe sie. Am Freitagnachmittag hilft mir Janus, die Weihnachtsbude einzurichten. Ich hatte bereits während der Woche Leeve gebeten, im Innenbereich zwei Regalbretter anzubringen, damit ich die Plätzchen und die Pralinenschachteln schön platzieren kann. Trotzdem benötigen wir zwei Stunden, bis alles perfekt ist. Ich stelle auch kleine Gläser auf, in die Teelichter kommen, die weihnachtlich duften. Nichts wird dem Zufall überlassen.

»MOIN, Janus. Moin, Heike, das sieht aber mal klasse aus.« Ein wenig stolz blicke ich auf die weihnachtlich geschmückte Hütte, und ich muss zugeben, Meike hat recht.

»Ja, das finde ich auch. Was meinst du, Janus?«

»Wenn es dir gefällt, ist es perfekt.«

»Ich wollte deine Meinung wissen.« Ich sehe ihn

intensiv und herausfordernd an, und er erwidert meinen Blick. Wenn das Meike etwas seltsam vorkommt, ist es so. Aber ich muss ihn herausfordern; ich will es wissen.

»Es ist perfekt. Ich wüsste nicht, warum wir nicht womöglich bis Weihnachten nachbacken müssten.« Er macht eine Pause, fügt aber hinzu: »Zufrieden?« Ich antworte ihm nicht. Gemeinsam schließen wir die vordere Klappe, damit in der Nacht nichts verschwindet. Ja, auch hier muss man eine gewisse Vorsicht walten lassen, so schlimm es klingt. Wir bringen eine dicke Sicherheitskette an, und Meike hat sogar eine ihrer Café-Kameras auf den Weihnachtsmarkt ausgerichtet. An jeder Bude wurde ein Warnschild angebracht, das darauf hinweist, dass alles videoüberwacht wird.

DANACH GEHE ich zusammen mit Janus zum Auto. Er sagt kein Wort, und ich verstehe ihn einfach nicht. Und wieder muss ich laut gesprochen haben. Er dreht den Kopf zu mir. »Bitte, Heike, lass es sein.« Ohne ihm zu antworten, steige ich aus und verschwinde in meiner Wohnung. Ich stelle mich oben ans Fenster und bin überrascht, als ich sehe, dass Janus immer noch im Auto sitzt und nachdenkt. Für ein paar Minuten bleibe ich einfach stehen, bis Janus plötzlich den Kopf hebt und mich direkt anzusehen scheint. Zumindest stelle ich mir das vor. Es ist dunkel, und eigentlich kann er mich nicht sehen, aber vielleicht spürt er, dass ich ihn beobachte. Der Moment geht vorbei, er steigt aus und geht zur Wohnung über dem Supermarkt, in der er lebt.

## STRANDKORB SIEBEN

Das also ist Janus, ein gutaussehender Mann, soweit ich das beurteilen kann. Er trägt eine sehr seltsame Aura um sich. Geheimnisvoll ist nicht das richtige Wort dafür. *Ist es Einsamkeit? Oder doch etwas Geheimnisvolles?* Vielleicht aber ist es auch Sehnsucht. Denn ich habe sehr genau gesehen, wie er Heike betrachtet hat, als er dachte, er wäre unbeobachtet. Natürlich ist mir das nicht entgangen. Leider ist er nicht zu mir gekommen. Vielleicht hätte ich ihm etwas Ruhe schenken oder Klarheit in seine Gedanken und Gefühle bringen können, denn darin bin ich, wie man hier auf Amrum weiß, ein Meister.

MORGEN SOLL es den Gesprächen nach losgehen, die Sache mit diesem Weihnachtsmarkt. Ich bin bestimmt genauso gespannt wie alle, die daran mitwirken. Ob wohl viele Gäste kommen werden? Ich glaube schon, und dann wird die neugierige Frieda, die immerzu um mich herumschleicht, sich aber nie in mich setzt, wissen wollen, wer den Weihnachtsmann spielen wird. Ich bin sicher, dass die vielen Kinder, die in den letzten Tagen hier herumschwirrten, kommen werden. Den Weihnachtsmann zu treffen wird sicherlich etwas Besonderes sein.

## MEIKE

Habe ich gut geschlafen? Nein. Auch wenn Pepper mich im Arm gehalten hat und mir beruhigende Wärme gespendet hat. Die Wettervorhersage für heute und das, was ich von draußen vernehme, ist kein gutes. Es ist typisches Schietwetter, um es genau zu sagen, und genau diese Wetterlage können wir überhaupt nicht gebrauchen. Als es nachts um vier Uhr anfängt zu regnen, bin ich den Tränen nahe. *Wie könnte ich es nicht sein?* So viel Arbeit steckt in all dem, was wir alle zusammen vorbereitet haben, und wir haben uns so auf eine tolle Eröffnung gefreut. Klar, den Friesen im Allgemeinen stört so ein bisschen Wind und Regen nicht, aber wenn es denn nur nicht regnen würde, das ... Unruhig wälze ich mich umher und stehe alsbald auf. Setze Tee auf und kuschle mich mit einer Tasse auf die Couch. Dann zappe ich mich durch das morgendliche Fernsehprogramm und beschließe, mich anzuziehen und zu Heike rüberzugehen. Bei ihr ist am Morgen jede helfende Hand erwünscht. Als ich die Tür zur Backstube öffne, kommt mir die warme, gut duftende Luft entgegen, umhüllt mich, und ich werde ruhiger. Sie sieht mich an, und ich erkenne den wissenden Blick in ihren Augen.

»ES WIRD ALLES GUT WERDEN, Meike. Der Wettergott wird ein Einsehen haben, und heute Mittag zur offiziellen Eröffnung wird der Himmel mit uns um die Wette strahlen. Heute Vormittag wird noch nicht so viel los sein. Die Leute werden frühstücken, die Wohnung aufräumen und später zum Mittagessen zum Café kommen.«

»ICH HOFFE ES SO SEHR, Heike. Wo kann ich helfen?«

»Gerne bei Janus. Er backt die Brötchen für den Essensstand und wird sich über Hilfe freuen.« Ohne sie noch länger von der Arbeit abzuhalten, gehe ich zu ihm und beginne ihm zu helfen, routiniert vielleicht nicht, aber doch gekonnt. Ich war schon einige Male hier und habe ausgeholfen, doch seit Janus hier ist, kam es nicht mehr so oft vor.

»Du hast Heike in diesem Sommer unglaublich unterstützt, Janus, danke dafür, das wollte ich dir schon länger mal sagen.«

»Hm.« Nun ja, gesprächig ist er nicht. Was mir zügig auffällt, sind die Blicke, *die Heike mir zuwirft, oder ihm? Ist mir da etwas entgangen? Bahnt sich zwischen den beiden etwas an? Gut, Janus sieht klasse aus, welche Frau würde das nicht erkennen?* Doch er ist immer sehr zurückhaltend, und man sieht ihn eigentlich nie irgendwo. Etwas über ihn zu wissen, das tut, glaube ich schon überhaupt niemand. Er kam mit der Fähre an, war da und ist erst mal geblieben. Laut Heike hat er nur zugesagt, bis zum Ende des Jahres zu bleiben. So wie ich Heike kenne, hat sie ihn auch noch nicht gefragt, ob er darüber hinaus bleiben wird. Ich denke, es ist an der Zeit, dass ihre Schwester, also ich, dies für sie übernehme.

»Gefällt es dir hier auf Amrum, Janus?«

»Ja.«

»Hört sich gut an. Bedeutet das eventuell, dass du hierbleiben wirst?« Er erstarrt kurz in seiner Bewegung, um aber danach weiter den Teig zu bearbeiten, als ob nichts gewesen wäre. Heike, die mich durchaus gehört hat, hat ebenfalls kurz in ihrer Bewegung gestockt. Es ist also, wie ich dachte, sie weiß es noch nicht. Ich lasse noch nicht sofort locker.


»KEIN MÖGLICH, oder eventuell oder vielleicht? Lieber keine Antwort? Gut, das kann jetzt bedeuten, dass du dir noch nicht sicher bist oder es dir bei Heike in der Bäckerei hier nicht gefällt. Du vielleicht woanders ein Angebot hast. Oder du einfach weiterziehen willst. Weißt du, Janus, ich würde das verstehen, nur wäre es mir recht, wenn du meine Schwester nicht im Unklaren lassen würdest. Und nein, sie hat mir nichts gesagt oder gebeten, dich danach zu fragen, aber ich sehe an ihrer und deiner Reaktion, dass ihr darüber noch nicht gesprochen habt. Dass Heike dich gerne weiterbeschäftigen würde, dürfte klar sein. Wenn du gehen willst, sag es ihr, damit sie einen Ersatz suchen kann. Du hast ja in dieser Saison mitbekommen, wie viel Arbeit es gibt und dass sie sich schlicht viel zu viel zumutet.« Erneut sagt er nichts, und ich wiederum reite nicht darauf herum. Sondern helfe ihm weiter, die Brötchen zu formen und aufs Backblech zu legen, in den Ofen zu schieben und später heiß, goldbraun und duftend aus dem Ofen zu holen, um sie in die bereitgestellten geflochtenen Körbe zu legen. Diese Arbeit beruhigt mich tatsächlich.

GEGEN ACHT UHR nehme ich meine Bestellung und gehe direkt zum Café. Dort schalte ich die Beleuchtung an und zünde alle Kerzen an, denn so, wie es draußen ausschaut, wird es heute nicht wirklich hell werden und so wenigstens im Café gemütlich aussehen. Wie jeden Morgen, wenn Pepper frei oder Spätdienst hat, bereite ich für ihn und mich ein Frühstück vor und trage es nach oben. Heute hat er frei, um mich zu unterstützen. Er ist bereits wach und nimmt mich einfach in den Arm. Ja, das ist die Seite von ihm, die die Allerwenigsten kennen. Doch Pepper kennt mich.

»Du warst bei Heike?«

»JA, sie ist zuversichtlich. Der Wetterbericht, den sie angeschaut hat, sagt wohl voraus, dass es zur Mittagszeit mit dem Regen aufhören soll. Ich schaue nicht nach, lasse es auf mich zukommen.«

»Es wird ein voller Erfolg werden, du wirst es sehen.« Als wir fertig sind, gehe ich zu meinen Angestellten, die bereits dabei sind, alles herzurichten.

»Dann wollen wir mal starten. Noch ist das Wetter nicht besonders freundlich, aber das führt vermutlich dazu, dass erst mal hier im Café die Hölle los sein wird.« Und genauso ist es auch. Frieda und eine weitere Stricklady stehen warm eingepackt in ihrer Hütte und lächeln erwartungsvoll. Genauso haben Lars und die Jungs bereits den Grill angeschmissen, und Pepper ist mit Maltes Frau dabei, den Glühwein und alles andere zu erwärmen. Heike aber ist es, die bereits jetzt neugierige Besucher am Stand hat, und ja, es sind einige gekommen. Ihre Pralinen werden der Verkaufsschlager sein. Sie sehen nicht nur super aus, sondern schmecken auch himmlisch. Was wir tatsächlich erst später am Tag erfahren, ist, dass der Artikel nicht nur in der lokalen Inselzeitung erschienen ist, sondern auch in der Zeitung, die die gesamten Inseln und die Küstengebiete rund um das Wattenmeer abdeckt. Es werden also womöglich auch Besucher von weiter weg vorbeischauen. Ich bin gespannt. Und dann ist es so weit. Heike tritt zu mir. Wir haben eine kleine Glocke für die offizielle Eröffnung und stehen am Eingang des Cafés. Gerade fährt Kapitän Klaas mit seinem Transporter auf den Parkplatz. Der perfekte Zeitpunkt. Als er aussteigt und zu uns tritt, bleibt mir mal kurz der Mund offen stehen. Leise flüstert Heike.

»Wo hast du denn dieses geniale Kostüm gefunden?«

»Habe ich nicht. Meines war ... normal ... also einfach. Das ist sensationell!«

»Ho ho ho, ich sehe schon, ich komme genau richtig.« Er tritt zu mir und Heike und verdrängt uns beinahe. Frieda grinst übers ganze Gesicht, denn ja, wir konnten es noch geheim halten, wer den Weihnachtsmann spielen wird. Aber dieser, unser Weihnachtsmann ist schlicht perfekt.

Die Kinder sehen erstaunt zu ihm. Er sieht wirklich wie der echte Santa aus, den sie in den Filmen zeigen. Der dicke Bauch, die Mütze und die Hose! Genial. Ich flüstere ihm zu.

»Du siehst perfekt aus, Santa.«

»Danke, danke, ich musste mich doch herausputzen. So viele Gäste, und wenn sogar Reporter über uns berichten, da musste ich doch in meinem besten Anzug erscheinen.« Ich wende mich den Gästen zu.

»Ich will überhaupt nicht viel sagen. Habt Spaß. Kinder, reicht dem Weihnachtsmann eure Wunschzettel. Flüstert ihm zu, was euch bewegt, und ich bin mir sicher, dass er versuchen wird, so viele Wünsche wie möglich zu erfüllen. Alle, das kann selbst Santa nicht. Aber sollte Santa es nicht schaffen, ist da ja noch Strandkorb Sieben. Ihm werden ja magische Kräfte zugesagt, und ich würde jedem raten, der seine Liebste gefunden hat, sich in ihn zu setzen und ein Foto zu machen. Magie kann man nie genug haben. Schaut euch auch bei der Strickgruppe um. Ich weiß aus guter Quelle, dass die Damen in den letzten Wochen noch gestrickt haben, was ging. Viele der Mützen und Strümpfe wurden aus der Wolle von Matthys Alpakas angefertigt. Natürlich gibt es auch die besten Plätzchen und Lebkuchen der Insel, oder überhaupt die besten von Heike. Zudem, ihr konntet sie ja bereits bestaunen und auch probieren, hat sie sich etwas ganz Besonderes ausgedacht: Pralinen. Sie wird sie ab heute das ganze Jahr in ihrem Laden haben. Für euer leibliches Wohl sorgt die DLRG-Truppe im Wechsel mit der Feuerwehr und Pepper mit Malte und seiner Frau und Bekannten von ihnen helfen auch mit, euch mit warmen Getränken zu versorgen. Mit und ohne Alkohol. Meine

Wenigkeit und Café-Truppe, ist für das Café zuständig. Selbstverständlich gibt es leckere Torten von Heike. Jetzt aber bin ich still. Habt viel Spaß. Der Wettergott hatte ja ein Einsehen. Wir werden gleich noch die große Feuerschale entzünden, damit es richtig gemütlich wird.« Alle klatschen, und ja, es sind tatsächlich viele Menschen gekommen. Leeve und Tanja stehen da an einem Stehtisch zusammen mit Leon und auch Leevke. Ich bin mir sicher, dass auch Matthys mit Lentje noch kommen wird. Aber ich freue mich auch, dass Oles Vater im Rollstuhl den Weg hierher gefunden hat. Da das Wetter nicht perfekt ist, ist auch das Café sehr voll, und ich habe wirklich keine Minute Zeit, um mit den Besuchern lange zu reden. Immer wieder aber wandert mein Blick nach draußen zu Kapitän Klaas ... nein, zu Santa, der im Strandkorb sitzt. Als es dunkler wird, sieht es einfach nur zauberhaft aus. Wir dürfen tatsächlich keine Musik laufen lassen, da hier die rechtlichen Bedingungen etwas kompliziert waren. Doch das tut der Stimmung keinen Abbruch. Im Gegenteil. Man kann miteinander reden, und genau das wollten wir erreichen. Es entstehen Grüppchen um die Stehtische, und erst gegen einund-zwanzig Uhr wird es weniger. Die Buden werden geschlossen. Ein paar wenige trinken noch einen letzten Absacker im Café, dann aber ist der erste Samstag Geschichte und hat irgendwie auch Geschichte geschrieben.


HEIKE IST VÖLLIG EUPHORISCH und verschwindet zügig, da sie früh wieder raus muss. Frieda sitzt noch am Tisch und erzählt Matthys, wie gut die Mützen heute bereits verkauft wurden. Lars, Maltes Frau und Pepper sind ebenfalls noch am Tisch und unterhalten sich. Ich schwebe förmlich, spüre aber doch, dass ich die Nacht schlecht geschlafen habe, und verziehe mich nach oben in die Wohnung. Meine Angestellten werden die Gäste noch bis zehn Uhr bedienen und danach das Café schließen.

## STRANDKORB SIEBEN

Ich wusste ja nicht so wirklich, was da auf mich zukommt, aber das war fantastisch. Ich werde so viel zu berichten haben. Allein wie Kapitän Klaas ausgesehen hat, ließ mich ziemlich schmunzeln. Und ich dachte im ersten Moment, dass dieser etwas füllige Mensch sich doch nicht wirklich in mich setzen will. Dann aber habe ich seine Stimme vernommen und ihn erkannt. Wie lustig und kurzweilig dieser Nachmittag war! Die vielen Kinder und später, als Kapitän Klaas oder der Weihnachtsmann, wie die Kinder ihn nannten, gegangen ist, haben sich einige jugendliche, aber auch erwachsene Pärchen in mich gesetzt, sich geküsst und Fotos gemacht. Ich fühle mich einfach nur gut. Was werde ich alles zu erzählen haben, wenn ich zurück in mein Winterquartier gebracht werde. Nur Heike, die hat mir heute nicht ganz so gut gefallen. Niemandem ist es so richtig aufgefallen. Sie hat gelacht und machte den Anschein, gut gelaunt zu sein, doch ich habe gespürt, dass diese Maske nur für die Besucher war. Mir ist auch nicht entgangen, dass da etwas am Rand des Geschehens dieser Janus stand und sie sich angesehen haben. Hach, wenn er sich doch einfach nur mal in mich setzen würde, dann könnte ich seinem Herz ein wenig Magie schenken.

## HEIKE

Janus hat sich nur ganz kurz blicken lassen. Er wollte nicht gesehen werden, aber ich spüre einfach, wenn er in der Nähe ist. Mein Blick hat ihn auch schnell getroffen, als ich über die Menge geschaut habe. Und ja, die Menge. Der erste Samstag war ein voller Erfolg. So viele sind trotz des nicht unbedingt perfekten Wetters gekommen. Es war wirklich schön. Und meine Pralinen kamen fantastisch an. Wir werden auf jeden Fall noch welche herstellen müssen. Außerdem muss ich weitere Schachteln bestellen, auch größere wurden gewünscht. Das wird heute oder spätestens Montag das Erste sein, was ich angehen werde. Janus, der zugesehen hat, wie Meike die Eröffnungsrede hielt, hat auch gesehen, wie sich Kapitän Klaas mit dem Kostüm ins Zeug gelegt hat. Kapitän Klaas war extra, wie mir seine Frau erzählt hat, bei einem Kostümverleih auf dem Festland. Unglaublich, wie er in der Rolle des Weihnachtsmannes aufgeht. Die Kinder sind alle begeistert von ihm. Eigentlich sind alle fröhlich und guter Laune. Auch Frieda und ihre

Damen vom Strickkreis sind bester Laune, und sie haben auch sehr gute Verkäufe, wie mir Frieda am Abend noch erzählt hat. Nur ich fühle mich irgendwie unruhig oder zurückhaltend. Ich bin zwar dankbar dafür, dass alles so gut angenommen wurde und geklappt hat, aber in mir ist auch eine gewisse Traurigkeit oder Sehnsucht, wenn ich die vielen Pärchen in unserem Freundeskreis sehe und erlebe, wie liebevoll sie miteinander umgehen. Lars würde mich wahrscheinlich sofort in den Arm nehmen, sich um mich kümmern und mich vermutlich auch lieben. Doch ich spüre bei ihm nicht die gleichen Gefühle wie bei Janus. Doch Janus ist ... unerreichbar, sagt er selbst, und ich sollte und muss mich damit abfinden. Aber mein Herz und dieses Kribbeln im Bauch sind immer noch da. Er hat Meikes Frage am Morgen auch nicht beantwortet, und ja, ich hoffe, dass er bleibt. Doch tief in mir weiß ich, dass er das nicht tun wird, auch wenn ich es mir noch so sehr wünsche.

DIE KOMMENDE WOCHE ist mit viel Arbeit gefüllt. Das war mir und auch Heike bewusst, als wir diesen kleinen Weihnachtsmarkt organisiert haben. Sie unterstützt uns an drei Morgen, auch wenn sie das nicht müsste. Aber wir sagen nicht nein. Dadurch, dass sie Thorsten und Janus beim Brot- und Brötchenbacken hilft, habe ich mehr Zeit, Pralinen herzustellen. Plätzchen sind noch genügend da und müssen reichen. Wenn sie ausgehen, dann ist das so. Nach Weihnachten wollen die wenigsten noch Lebkuchen und Weihnachtsplätzchen essen. Pralinen dagegen werden immer gefragt sein. Der zweite Samstag verläuft etwas ruhiger. Dazu trägt natürlich auch bei, dass das Wetter wirklich nicht besonders gut ist, und der erste Ansturm neugieriger Besucher bereits bei der Eröffnung da war. Diese Woche werden viele noch ihre Weihnachtseinkäufe erledigen. Wir beschweren uns nicht. Das Café ist gut besucht, und als der Weihnachtsmann kommt, sind auch wieder viele Familien mit Kindern hier. Wir freuen uns unglaublich über den Besuch des Bläserquartetts aus Wittdün, das uns am frühen Abend besucht und Weihnachtslieder spielt, ohne dass wir sie darum gebeten haben. Mit der Musik und der Dunkelheit entsteht eine wunderschöne Stimmung im Vorhof des Cafés.

Der einzige Wermutstropfen ist Janus. Er verhält sich so zurückhaltend, mischt sich nicht unter die Insulaner und meine Bekannten, obwohl sie alle nette Menschen sind. Meike unterbricht meine Gedanken und tritt zu mir.

»Alles in Ordnung, Schwesterherz?«

»Ja, sicher.«

»Heike?«, fragt sie nach.


»ES IST ALLES IN ORDNUNG. Ich habe nur darüber nachgedacht und die Menschen betrachtet, die hier versammelt sind. Wir Insulaner und speziell wir haben das Glück, einen tollen Freundeskreis zu haben, oder?« Meike dreht sich um und betrachtet das, auf das ich hinweise.


»DAS STIMMT.« Ich rede weiter.

»Sie sind alle hier, und viele helfen mit. Es ist schön, in solch einer Gemeinschaft leben zu dürfen.«

»Das stimmt. Hat Janus keine Lust, den Markt zu besuchen?«

»Er wäre ja sonst hier, oder?«

»Da hast du wohl recht, auch wenn ich dachte, ihn kurz gesehen zu haben. Heike?«

»Hm.«

»Du solltest ihn vielleicht mit Alkohol betäuben und in den Strandkorb fesseln, wenn er dir so viel bedeutet.«


»SAGT WER?«

»Deine Augen – ja, ich weiß, das ist eine dumme Idee. Und dann wieder ...«, wir werden unterbrochen. Zum Glück. Meike muss etwas aus dem Café holen, und ich bin froh darüber, dass wir das Gespräch nicht vertiefen. Ihn zu entführen, auf solche Gedanken kann nur sie kommen. Doch mein Blick wandert unwillkürlich zum Strandkorb, in dem in diesem Moment ein junges Pärchen sitzt und Selfies macht. Er hat auf jeden Fall viel zu tun in diesen Tagen.


AUCH DIESER SAMSTAG erweist sich letztendlich als großer Erfolg, und wir sind beide gespannt darauf, wie es am dritten und vor allem vierten und letzten Samstag sein wird. An diesem Tag erwarten wir sehr viele Menschen. Nicht nur, dass wir private Einladungen an all unsere Freunde und Bekannten verschickt haben, auch in der Zeitung wird in dieser Woche ein weiterer Bericht erscheinen, der auch beinhaltet, dass wir eine Tanzgruppe zu Gast haben und eine irische Musikgruppe auftreten wird. Der Reporter war an den letzten Samstagen hier und hat Fotos gemacht. Frieda und ihre Damen standen stolz in der geschmückten Bude, als er von ihnen ein Foto geknipst hat. Auch das Bläserquartett hat sich erneut angemeldet. Es wird, da bin ich mir sicher, voll werden. Dazu werden wir sogar noch zusätzlich eine kleine Bühne aufbauen, und die Straße wird gesperrt werden. Allein die Organisation für diesen Tag ist enorm. Rieke hat uns dabei unterstützt, und Leevke hat die vielen Anträge, die man stellen musste, für uns erledigt. Selbst der Bürgermeister der Insel hat uns geholfen. Von Pepper wissen wir, dass für die Jahreszeit sehr viele Tickets für die Fähren verkauft wurden. Wir werden sicherlich gut besucht werden. Das mag zwar Wunschdenken sein, aber wir hoffen genau darauf und freuen uns.

# JANUS

Ich sollte längst weg sein. Das hier entwickelt sich nicht gut. Heike, sie ... ist nett. Sie hat es nicht verdient, dass ich ihr weh tue, und genau darin liegt mein Problem. Wenn ich früher verschwunden wäre, dann hätte ich sie mit all der vielen Arbeit für diesen Weihnachtsmarkt alleine gelassen. Sie hätte es trotzdem geschafft, aber wäre über ihre Kraft gegangen. Da hat Meike schon recht. Sie ist zäh und fleißig, und sie liebt ihre Arbeit. Und sie verliebt sich in mich, was keine gute Idee ist. Heike hatte bereits am ersten Tag einen Platz in meinem Herzen, und doch weiß ich, dass es besser ist, dass ich sie nie kennengelernt hätte. Dass ich nie einen Fuß in ihre Bäckerei gesetzt hätte. Doch es ist passiert. Zuerst dachte ich noch, dass sie und Lars, dass das enger wird, dass er sie glücklich macht, auch wenn ich vor Eifersucht nachts beinahe nicht schlafen konnte, wenn ich sie zusammen gesehen habe, war mir immer klar, dass er der bessere Mann für sie ist. Ich habe mich distanziert verhalten, habe ihr nie einen Anlass gegeben, mehr in mir zu sehen, als da ist, doch der Erfolg blieb aus. Deshalb ... ich war nicht nett zu ihr, als ich ihr gesagt habe, dass sie sich keine Hoffnung auf mehr machen soll. Dass sie sich da in nichts hineinrennen soll. Ich kein Interesse an ihr habe. Was für eine kolossale Lüge. Doch ich bin nun mal nicht gut für sie. Für keine Frau, für niemanden. Da hilft es auch nicht, dass ich ... erneut wälze ich mich im Bett herum. Kann einfach nicht schlafen. Ihr Geruch, ihr Lächeln und ihr Gesicht sind ständig vor meinem inneren Auge. Der Tag heute war anstrengend für sie. Seit drei Wochen herrscht quasi Ausnahmezustand, und sie schläft nur wenige Stunden am Tag. Sie versucht, die Augenringe zwar mit Schminke abzudecken, aber das klappt nur bedingt. Ich weiß ja, wie sie sich fühlen muss. Mir geht es nicht anders. Trotzdem komme ich heute nicht in den Schlaf. Die direkten Fragen von Meike hallen noch immer nach. Ich weiß, dass Heike eine Antwort erwartet, aber ich weiß ja selber nicht, was ich tun soll. Gehen, ruft der Teufel in meinem Kopf, und der Engel wiederum, du hast jedes Recht dazu, zu bleiben, Janus. Doch ich weiß, dass bleiben gleichzusetzen ist mit einem *Mehr* wollen. Doch selbst wenn ich ihr alles erzähle, was werden die anderen davon halten? Klar, jetzt, da keiner etwas weiß, kommen sie gut mit mir zurecht, doch wenn ... Ich stehe auf. Es hat keinen Zweck. Ich komme nicht mehr in den Schlaf, und in einer guten Stunde muss ich sowieso in der Backstube sein. Kurz stelle ich mich unter die Dusche in meinem winzigen Apartment oder Zimmer. Das Bad ist kleiner als in jedem Wohnmobil. Aber es ist mein eigenes Bad. Wenn man dies für eine gewisse Zeit nicht hatte, dann ... weiß man dies zu schätzen, egal, wie groß oder klein es auch ist. Als die Haare trocken sind, setze ich eine Mütze auf und ziehe mir die warme Jacke an, zudem die Stiefel, und gehe raus. Ich setze mich aufs Rad und fahre zum Strand. Die Wellen, der Wind, die salzige Luft, vor allem aber die Weite, die beruhigt meine Nerven. Auch etwas, was ich heute brauche. Das Gefühl der Freiheit. Ich ... setze mich in den Sand, nur um zügig wieder aufzustehen, als ich spüre, dass meine Hose feucht wird. Es ist nicht Sommer, murmele ich vor mich hin. In den warmen Sommernächten war ich oft hier und habe die Sterne betrachtet, den Himmel, und dabei an Heike gedacht. Langsam gehe ich wieder zum Fahrrad und radle zurück nach Nebel. Wie magisch zieht mich der winzige Weihnachtsmarkt an. Die Solarlichter leuchten noch, und so sieht alles wie verzaubert aus. Ohne lange darüber nachzudenken, setze ich mich noch für die letzten Minuten, bevor die Arbeit beginnt, in den Strandkorb und denke nach. Immer um dasselbe Thema, immer darum, dass ich kein Recht habe, glücklich zu sein, und noch weniger habe ich das Recht, Heike mit in dieses Chaos zu ziehen, das sich mein Leben nennt.

## STRANDKORB SIEBEN

Oh, wie schön, dass Janus mich besucht, und ja, jetzt spüre ich die schwere Last, die er sehr deutlich trägt. Etwas belastet seine Seele, etwas, wofür er sich die Schuld gibt. Ich verstehe schnell, dass er glaubt, dass seine Anwesenheit und Nähe Heike nicht gut tun. Menschen machen Fehler, manchmal sehr große, und ich glaube, Janus ist genau so ein Mensch. Aber er kann nicht nur schlecht sein, denn er denkt an Heike und die Folgen, die es haben würde, wenn herauskommen würde, was er getan hat. Ich überlege lange, wie ich ihm helfen kann, und ob der Zauber überhaupt Sinn macht. Noch nie war ich mir so unsicher.

## MEIKE

Meine Schwester hat Sorgen und trägt einen Kummer in sich. Dass sie sich in Janus verguckt hat, das ist offensichtlich, zumindest für mich. Eine Zeitlang dachte ich, dass sie und Lars vielleicht zusammenkommen würden, aber jetzt muss ich sie nur beobachten, wenn sie es nicht bemerkt, dass man sie beobachtet, und ich erkenne, dass ihre Gefühle für Janus völlig andere sind als jene für Lars. Sie ist verliebt. Bisher scheint es jedoch eine unglückliche oder einseitige Liebe zu sein. Doch dann wieder, wenn ich einen Blick auf Janus erhasche, bin ich mir nicht so sicher. Er sieht Heike so an, wie ein Mann eine Frau, die er liebt, ansehen sollte. Diese Momente sind jedoch äußerst selten und nur wenn er glaubt, unbeobachtet zu sein. Etwas hält ihn zurück, und keiner von uns, einschließlich Frieda, die alles herausfindet, weiß nichts über ihn. Janus hält sich bedeckt, und ich gebe zu, dass ich mich zuerst schon gefragt habe, ob er möglicherweise keine guten Absichten hat. Aber das hat sich zügig geändert. Und jetzt, er sieht Heike wie gesagt anders an, und das gefällt mir.

UNSER EVENT KOMMT HERVORRAGEND AN, sogar besser als erwartet, trotz des nicht perfekten Wetters. Am dritten Samstag war genauso viel los wie an den Samstagen zuvor. Diese Woche nun, ist das Finale, der vierte Samstag und der Tag vor dem 4. Advent. In zwei Tagen ist Weihnachten. Sogar der Wettergott hat ein Einsehen und hat sich hoffentlich mit dem Weihnachtsmann abgestimmt, dass es heute zwar friesisch kalt, aber sonnig werden wird. Regen und Sturm wird laut Vorhersage erst am frühen Sonntagmorgen erwartet.

WIE AM ERSTEN Samstag zur Eröffnung, stehe ich früh auf, aber heute treibt mich nicht die Sorge aus den Federn, sondern die Arbeit. Es wird viel zu tun sein. Deshalb gehe ich noch zu Heike und helfe dort beim Brötchenbacken. Janus ist heute noch stiller als sonst. Ich schaffe es nicht, ihn in ein Gespräch zu verwickeln. Keine Chance. Er blockt jede Frage ab. Ist, finde ich in sich gekehrt. Gegen sieben Uhr gehe ich zum Café rüber. Dort ist bereits einiges los. Lars und die Truppe, sowie ein paar Jungs von der Feuerwehr, bringen die Grillsachen und frischen Fisch, und vieles mehr, das sie in der Truhe verstauen. Ein Auto mit Anhänger fährt vor, und tatsächlich bringt Leeve die beiden Esel Odin und Thor. Die beiden werden sozusagen die Rentiere des Weihnachtsmannes sein. Pepper hat gestern noch einen kleinen Verschlag für die beiden gebaut. Leeve gibt Heu in die kleine Umzäunung neben dem Strandkorb und stellt ein großes Schild daneben, das besagt, dass die Tiere nicht gefüttert werden dürfen. Er wird ein Auge auf die beiden haben und, wenn sie sich gestresst fühlen, sie zurück nach Hause in ihre gewohnte Umgebung bringen. Im Moment machen sie jedoch keinen gestressten Eindruck. Sie schauen sich neugierig um und fressen. Ich frage mich, ob sie die Rudolphgeweihe wenigstens in der Zeit, wenn der Weihnachtsmann da ist, aufsetzen würden ... ich grinse vor mich hin. Aussehen würde es perfekt. Frieda kommt mit einer Kiste zu uns und blickt zu den Eseln.

»IDEEN HABT IHR. Unglaublich. Moin, Leeve, moin, Meike.«

»Moin, Frieda. Soll ich dir helfen?«

»Gerne, Kindchen.« Ich eile ihr zu Hilfe und staune nicht schlecht über den Nachschub.

»Habt ihr gezaubert?«

»Nein, das nicht, aber wir haben noch einiges organisiert. Ein paar Euros können viele alleinstehende Frauen oder Rentnerinnen zusätzlich gebrauchen. Das Leben ist teuer, das weißt du doch am besten. Ich habe also herumtelefoniert und bekam einiges geliefert.«

»Das war ja eine super Idee, Frieda.«

»Ihr hattet die gute Idee, die beste überhaupt.« Sie räumt die Hütte ein, und ich helfe dort, wo Hilfe benötigt wird. Um neun Uhr sind wir startklar, und es füllt sich in Minutenschnelle. Selbst Janus hilft heute auch hier vor Ort mit. Er und Thorsten backen in der Backstube Brötchen und er liefert sie an den Grillstand, sobald diese ausgehen.

Bereits um zehn Uhr ist es voll. Gut, dass wir die Straße für heute sperren lassen haben. Frieda, Hilda und Klara stehen in ihrer Bude mit roten Wangen und glänzenden Augen. Sie reden mit den Besuchern und verkaufen eine Mütze oder Socken nacheinander. Die roten Wangen, die sie haben, kommen nicht von der Kälte so aufgeregt und in Action sind sie.

AUCH DIE BOGERS KOMMEN, und damit meine ich natürlich auch Matthys und Leon. Levka jedoch ist nicht zu sehen. Vielleicht verbringt sie das Fest ja in der Schweiz. Ich wusle von einer Ecke zur nächsten, schüttele Hände, rede und begrüße den ein oder anderen. Heike geht es ähnlich. Zuerst steht sie noch in der Hütte, aber ihre Verkäuferinnen können das auch hervorragend ohne sie. Heute genießen wir die vielen Glückwünsche und freuen uns darüber, dass so viele Freunde und Bekannte gekommen sind. Die Musikgruppe sorgt für eine wundervolle Stimmung, und als Kapitän Klaas erscheint und einen gefüllten Sack dabei hat, strahlen die Kinderaugen nur so und tummeln sich um ihn und den Strandkorb. Keine Ahnung, was er verteilt und woher er die Sachen hat, das werde ich ihn morgen fragen, aber jetzt genieße ich einfach die tolle Zeit. Der Strom der Besucher reißt nicht ab, und irgendwann steht tatsächlich Levka vor mir.

»Levka! Ihr seid doch gekommen?«

»Selbstverständlich. Wir kommen sogar mit Anhang. Da wir nicht in der Schweiz das Fest feiern, sondern hier, haben wir Philippe und seine Familie hierhergelockt.« Sie grinst, »und wir haben auch Kilian und Viktor mitgebracht.«

Levka sieht sich um.

»Meine Güte, Meike, das muss ja unglaublich viel Arbeit gewesen sein.«

»Ja, war es, doch es haben viele geholfen, auch deine Schwester. Darüber sind wir sehr froh gewesen. Du glaubst ja nicht, was man für so ein Event an Genehmigungen benötigt. Und die Formulare soll man kapieren? Zum Teil wirkten sie auf mich, als ob sie auf Chinesisch geschrieben wären. Völlig unverständlich. Leevke konnte Licht ins Chaos bringen.« Levka grinst. Raphaele tritt zu mir und umarmt mich.

»Frohe Weihnachten, Meike, ich finde, das darf man jetzt bereits sagen. Toll, was ihr hier aufgebaut habt.« Ein Kreischen ist plötzlich zu hören, und ich drehe mich um und sehe, wie Frieda auf einen Mann zu rennt. Ich kann nicht anders, als zu lachen. Raphaele murmelt: »Sie liebt ihn einfach.« Eine weitere Stimme meint: »Das also ist Frieda? Meine Güte, dieser Anblick ist zu köstlich. Wie gerne wäre ich bei dem Erlebnis mit dem Pfefferspray dabeigesessen.« Er reicht mir die Hand.

»Hallo, Meike, schön, dich wiederzutreffen. Ich hoffe, du hast, auch wenn es so voll ist, noch Friesentorte da?« Heike ist es, die ihm antwortet.

»Moin, Philippe. Wenn nicht, dann backe ich extra eine für dich.« Plötzlich aber sieht er an Heike vorbei und runzelt seine Stirn, erstarrt und sieht angestrengt jemanden an. Ich drehe mich um und sehe in seine Richtung.

»Ist was?«

»Nein oder ja. Der Mann dort beim Weihnachtsmann, der mit dem kleinen Jungen ist, das ... ich meine ... ich glaube, ich habe ihn schon einmal gesehen.«

»Das ist Oliver Njordsson mit seinem Sohn Sönke und seiner Frau Rieke. Sie wohnen auf der Hallig Oland.«

»Hm. Ich ...« Um ihn aufzuklären, beuge ich mich zu ihm runter und flüstere ihm zu.

»Das ist Sando.« Er sieht erneut zu ihm.

»Richtig, der Sänger, er wohnt hier?«

»Tut er. Heike und ich, wir hoffen, dass er vielleicht noch singt. Natürlich nicht offiziell als Sando, auch wenn wir hier alle wissen, dass er es ist.« Der Tag wird ein voller Erfolg. Die vielen Besucher, die da sind, stehen an den Verkaufsständen und Stehtischen, trinken Punsch und auch das ein oder andere alkoholische Getränk. Es wird viel gelacht und geredet. Pepper nimmt mich immer wieder in den Arm und gibt mir einen sanften Kuss. Wer es sieht, lächelt, sieht aber auch erstaunt zu uns. Als es richtig dunkel wird, wird die Stimmung so richtig romantisch weihnachtlich. Die Lichter gehen an, und es ist unglaublich schön. Tatsächlich schaffen es die Mitglieder der Band, Oliver zu überreden, einen Song mit ihnen gemeinsam zu singen. Alle singen mit. Feuerzeuge werden angezündet, es ist ein unbeschreiblicher Moment. Keiner will nach Hause gehen, und so kommt es, dass auch noch weit nach Mitternacht viele Gäste hier sind und sich im Café aufhalten. Fast kitschig wird es, als wir aber gegen zwei Uhr in der Nacht die Party für beendet erklären und die Türen öffnen. Das bedeutet Schluss für heute, doch draußen schneit es. Völlig verrückt, aber es fallen Schneeflocken vom Himmel, und es reicht sogar bald schon für eine kleine Schneeballschlacht. Tanja landet einen Volltreffer bei Leeve, der ihr nacheilt, sie einfängt und ihr Schnee unter die Jacke am Rücken stopft. Leevke kommentiert für Leon alles, der ja nur hören kann, dass im Moment ein kleiner, spaßiger Krieg ausgebrochen ist. Lucky, sein Hund, hat Spaß und jault zwischendurch. Er führt Leon aber brav durch die Menge, und Leevke schreit ihm unter Gelächter zu, dass er sich in den Strandkorb setzen soll, da er genau vor ihm steht. Eine halbe Stunde toben wir wie kleine Kinder im Schnee. Viktor bekommt einiges ab, aber der Kerl wehrt sich, und er hat ein paar fiese Tricks drauf, die dafür sorgen, dass viel nasser Schnee unter den Pullover auf der kalten Haut seiner Angreifer landet. Dann aber sind wir einfach alle platt, und die restliche kleine Versammlung löst sich mit viel Gelächter auf. Pepper umschließt mich von hinten mit den Armen. Er wärmt mich. Ich wiederum streichle ihn an den Händen.

»Schade, dass Heike früher gegangen ist. Sie ist so diszipliniert, und ich hätte ihr gewünscht, dass sie die letzten Stunden auch noch miterleben hätte können. Aber ihr Wecker geht in circa zwei Stunden, und ehrlich gesagt, Pepper, bin ich auch hundemüde. Die letzten Wochen waren unglaublich anstrengend, für alle Beteiligten.«

»Stimmt, aber in die vielen glücklichen und fröhlichen Augen zu sehen, war es wert. Hast du gesehen, wie Frieda Viktor umarmt hat?«

»Sicher, es war zu lustig. Und der ein oder andere Besucher hat ziemlich irritiert geschaut, als sie die betagte und doch noch sehr fitte Lady in einer Umarmung mit einem, dem äußeren nach, etwas ungewöhnlichen Mann, gesehen haben. Einem, der leicht in die Schublade Türsteher-Typ oder auch nun ja, du weißt schon, was ich meine, durchgehen kann. Es ging uns am Anfang ja gleich.«

»Auf jeden Fall sind die beiden witzig anzusehen, und in der Zwischenzeit ein Herz und eine Seele.«

»Stimmt. Pepper, es waren wirklich richtig viele da, oder?«

»Waren es. Jetzt komm, lass uns schlafen.« Wenig später liege ich in Peppers Armen und schlafe tief und fest ein.

## HEIKE

So viel ist los, und so viele Freunde und Bekannte sind gekommen. Nur Janus lässt sich nicht blicken. Er bringt zwar regelmäßig den Nachschub, redet aber, wenn er die Körbe mit Brötchen bringt oder auch die bei uns in der Kühltheke stehenden Torten ins Café stellt, mit niemandem. Er verrichtet seine Arbeit und sucht auch kein Gespräch oder den Blickkontakt mit irgendjemandem. Gegen zwanzig Uhr spüre ich seinen Blick. Ich suche ihn, und wir sehen uns über die Menge hinweg an. Mein Herz beginnt laut zu pochen. Ich meine, in seinem Blick Bedauern zu erkennen und auch ... *einen Abschied?* Ich will mich kurz entschuldigen und zu ihm gehen. Es ist ein drängendes Bedürfnis, doch ich werde in ein Gespräch verwickelt, und als ich aufsehe, ist Janus weg. Ich weiß, dass er nicht nur weg vom Weihnachtsmarkt ist, dass er nicht einfach nur nach Hause gegangen ist. Nein, Janus ist weitergezogen, und er hat einen Teil meines Herzens mit sich genommen. Noch kann ich die Tränen, die hinter meinen

Augen stehen, nicht fließen lassen. Da sind so viele Menschen. In all dieser weihnachtlichen Vorfreude stehe ich da, und mein Herz ist schwer. Er ist weg, und ich weiß einfach nicht, was ich falsch gemacht habe. Ist es die viele Arbeit oder sehe ich nicht gut genug aus? Bin ich zu forsch, oder was nur ist falsch an mir? Der restlichen Stunden verschwimmen irgendwie. Ich funktioniere, rede mit allen, lache, und doch kann ich nicht einmal sagen, mit wem ich noch gesprochen habe. Immer wieder wandert mein Blick zu dem Ort, an dem ich Janus zum letzten Mal gesehen habe.

ERNEUT WERDE ICH ABGELENKT, und einer der zahlreichen Besucher möchte Plätzchen und Lebkuchen kaufen, dazu noch Pralinen. Ich aber denke nur: *Was nützt mir das alles, wenn mein Herz so schwer ist, wenn die Einsamkeit mich zu erdrücken droht?* Als wir gegen zehn Uhr die Buden schließen können, kann ich sagen, ich bin fast ausverkauft. Ein paar wenige Plätzchentüten sind noch da, und vereinzelte Pralinen. Unser Event war wirtschaftlich ein voller Erfolg, auch wenn ich hundemüde bin. Auch Frieda und die Damen sind zwar glücklich, aber am Ende ihrer Kräfte. Gerade wurde Klara Hansen, die bis zuletzt in der geschmückten Bude saß, von ihrem Enkel abgeholt und nach Hause gefahren. Meine Helferinnen haben die Reste in eine Kiste gepackt und verabschieden sich.

»Danke euch beiden, vielen Dank für eure Hilfe und die Überstunden.«

»Haben wir gerne gemacht. Morgen ist zu, und den Montagvormittag bekommen wir auch noch gestemmt.

Danach haben wir uns die paar Tage Urlaub auch redlich verdient. Auch du solltest dich ausruhen, Heike. Du hast gearbeitet wie verrückt.«

»Danke und habe ich vor.« Sie gehen, und auch ich drehe noch eine kurze Runde und verabschiede mich. Ich stelle den Karton mit den restlichen Plätzchen und Pralinen noch in den Kühlraum und gehe danach in meine Wohnung, um dort ohne ins Bad zu verschwinden, ins Bett zu gehen. Ich glaube nicht, dass ich noch spüre, wie mein Ohr das Kissen berührt. Erst als der Wecker klingelt, wache ich wieder auf. Heute ist nicht viel zu tun. Ich bin alleine und backe nur für das Café und die zwei Hotels. Damit werde ich zügig fertig sein. Gegen acht Uhr kommen die Fahrer, um die Backwaren abzuholen. Auch die Torten sind bereits fertig. Sie müssen heute reichen. Wenn sie ausgehen, habe ich keinen Nachschub. Das kann und muss auch einmal so reichen. Meike wird sicherlich gleich auftauchen und ihre bestellten Brötchen und die zwei Kuchen abholen. Auch bei ihr wird heute nicht so viel los sein. Ich setze für uns beide eine Kanne Tee auf. Die Zeit muss sein. Danach, wenn sie wieder weg ist, werde ich diesen Brief öffnen, den ich bereits gestern Abend dort auf dem Tisch liegen gesehen habe. Er ist von Janus, da bin ich mir sicher, und es wird seine Kündigung sein oder die Nachricht, dass er nicht länger für mich arbeiten wird. Dass er mir eine Begründung geschrieben hat, weshalb er gehen möchte, kann ich mir nicht vorstellen, auch wenn ich tief in mir darauf hoffe. Wenn der Kerl nur in diesen vermaledeiten Strandkorb gesessen wäre. Ich werde auch Meike noch nichts erzählen. Sie macht sich nur Sorgen um mich, und ich möchte, dass sie ihren Erfolg oder unseren Erfolg genießen kann. Als der

Tee durchgezogen ist, kommt sie wie erwartet zur Tür herein, klopft den Schnee von den Schuhen.

»Moin, Heike, was für ein Wetter. Und was war das doch gestern für ein klasse Tag. Schade, dass du nicht länger bleiben konntest. Was wirklich schade war. Du hast echt etwas verpasst. Als es zu kalt wurde, ist der harte Kern ins Café, und dort haben wir noch lange zusammengesessen. Matthys und Lentje sind zwar früher verschwunden, da Lilly ins Bett musste, aber Leevke und Leon waren noch da, und auch Leeve ist nochmal gekommen, als er Odin und Thor nach Hause gebracht hatte. Nachts gab es noch eine Schneeballschlacht. Es war unglaublich witzig. Sogar Levka ist noch lange geblieben, was mich gefreut hat. Seit sie den Sommer hier verbracht hat, ist sie viel ... entspannter geworden.«

»In sich ruhend, könnte man sagen, oder auch ... sie ist bereit, uns oder der Insel zu vergeben. Es kommt sicherlich dazu, dass sie verliebt ist.«

»Mein Stichwort. Was ist das mit dir und Janus, Heike?«

»Nichts.«

»Heike, ich bin deine Schwester, rede keinen Blödsinn.« Auch wenn ich es nicht sagen wollte, bricht es doch aus mir heraus.

»Er ist weg.« Das lässt sie innehalten.

»Was?« Ich deute auf den geschlossenen Briefumschlag.

»Aber warum?« Ich zucke mit den Schultern und sage: »Er hat ein Päckchen zu tragen. Ein Geheimnis, da hat Frieda schon recht, und er vertraut mir oder uns nicht so sehr, dass er es uns anvertrauen konnte.«

»Aber ... Heike, du ... du musst etwas tun.«

»Das stimmt, ich muss einen neuen Bäcker finden, der mich unterstützt. Ich kann mit Thorsten das alles nicht bewerkstelligen. Sonst mache ich mich kaputt, und mein Traum wird sich schneller in Luft auflösen, als es mir lieb ist. Wenn ich niemanden finde, gibt es nur noch ein kleines Sortiment. Und ...«

»Warum aber ist er einfach verschwunden?«

»Sein Vertrag läuft am 31.12. aus. Er musste mir keinen Grund sagen. Er hat noch einige Tage Urlaub, das war es.«
Meike sprachlos zu sehen oder nicht wissen, was sie sagen soll, kommt selten vor. Sie deutet auf den Brief.

»Willst du nicht lesen, ob er dir eine Erklärung geschrieben hat?«

»Nein. Nicht jetzt. Ich bin viel zu müde. Ich muss mich nochmal hinlegen, und vielleicht werde ich ihn heute Mittag lesen. Aber Meike, wir haben da etwas Tolles geschafft, oder? Kapitän Klaas, er war doch der allerbeste Weihnachtsmann, den es gibt, oder? Wo hatte er denn die vielen kleinen Geschenke her?«

»Selbst gekauft, ich muss noch mit ihm reden, und wir müssen ihm dafür etwas geben. Da bist du doch meiner Meinung?«

»Selbstverständlich.«

»Und dann Frieda und ihre Truppe, sie waren so glücklich und stolz. Ich glaube, dass sie beleidigt wären, wenn wir das im nächsten Jahr nicht wiederholen. Sie hatten den Spaß ihres Lebens. Und konnten so viele Kontakte knüpfen, mit Menschen reden, und ich glaube, das war das Beste daran. Klara ist, seit sie den Rollator benötigt, nicht mehr so mobil und auf Menschen angewiesen, die zu ihr kommen.

Sie besuchen, und der Markt, die Bude war für sie, denke ich, die letzten vier Samstage, wie Wellness für die Seele.«

»Du sagst es. Wellness für die Seele. Das ist ein schöner Spruch.« Meike trinkt aus, wirft nochmals einen Blick auf den Brief, aber nimmt danach den großen Korb mit Brötchen und trägt diesen zum Auto. Ich folge ihr mit den zwei Friesentorten. Mehr gibt es heute, wie gesagt, nicht, und ich bin sicher, dass es auch eher ruhig im Café sein wird.

»Schlaf gut, Schwesterherz, und ... es wird sich eine Lösung finden, mache dir nicht zu viele Sorgen.« Ich nicke nur.

## STRANDKORB SIEBEN

Was für ein Tag, welchen Spaß ich hatte, und wie viele Menschen mich besucht haben! Ich komme mir schon ein bisschen wie eine Berühmtheit vor. Bestimmt hat jeder, der sich in mich gesetzt hat, auf ein wenig Magie von mir gehofft. Klar, ich habe mein Bestes gegeben, aber so einfach funktioniert der Zauber nicht. Es ist ähnlich wie bei Weihnachten. Es gibt diesen Weihnachtszauber, aber er kann nicht geschehen, wenn die Menschen nicht daran glauben.

SPÄTER FIELEN PLÖTZLICH weiße Flocken vom Himmel. Sie waren kalt auf meinem Geflecht. »Schnee«, hörte ich die Menschen sagen. Also, das muss ich dann doch nicht haben, obwohl es lustig war, wie sie spät in der Nacht noch eine Schneeballschlacht gemacht haben. Ein paar Querschläger haben mich tatsächlich getroffen, auch wenn Leon in mir saß. Alles in allem muss ich sagen, der Tag und die Zeit hier vor dem Café waren ein Traum. Nur bei Janus und Heike bin ich mir nicht so sicher, ob meine Magie ausgereicht hat. Die Zeit war zu kurz dafür ... glaube ich.

# JANUS

Mit einem Ruck wende ich mich von dem Tisch ab, auf dem ich den Brief mit meiner Kündigung abgelegt habe. Kündigung ist das falsche Wort dafür; es ist die Mitteilung, dass ich den befristeten Vertrag nicht verlängern werde. Ich gebe Heike keine Erklärung, warum ich gehe, *denn was sollte ich auch schreiben?* Ich sehe mich ein letztes Mal um. Es hat mir hier besser gefallen, als es sollte. Viel besser und ich könnte mir auch vorstellen hierzubleiben, doch ... ich muss gehen, denn wenn es herauskommt ... die Blicke der Ablehnung zu spüren, das ertrage ich noch nicht. Und Heike könnte und will ich das nicht antun. Ich will nicht ihren entsetzten Blick sehen, wenn sie davon erfährt, was für ein abscheulicher Kerl ich doch eigentlich bin. Sie hat nur den Menschen kennengelernt, der ich heute bin, doch ... Die Menschen hier sind ein netter Haufen. Die Bekannten und Freunde von Heike, alle Personen, die ich mir als Freunde wünschen würde, doch das habe ich mir selbst verbaut. Das ist meine Strafe, und die ist schmerzhafter als ... Bevor ich weiter Trübsal blase, denn dazu habe ich noch genügend Zeit, werfe ich den Seesack über die Schulter und verlasse die Bäckerei. Ich verlasse Heike. Draußen höre ich die Musik und das Gelächter vom Café, das nicht weit von hier ist. Und ich rieche auch den Duft von gegrilltem Fisch und den Würstchen. Ich müsste nur rübergehen; sie würden mich nicht wegstoßen, nicht heute Abend. Aber wenn sie es erfahren ... und dann, dann wird es schmerzhafter sein als jetzt. Ich setze mich auf mein klappriges Fahrrad und fahre nach Wittdün. Dort nehme ich die letzte Fähre aufs Festland. Es wird sich herumsprechen, dass ich gegangen bin, und doch weiß ich, dass es richtig ist.

# EPILOG

Die Nacht der Nächte, der Heilige Abend. Noch nie habe ich mich so einsam gefühlt wie heute. Gerade bin ich von Meike und Pepper gekommen, die mich zum Abendessen eingeladen haben. Das Käsefondue war lecker. Ich habe frisches Baguette mitgebracht, und Pepper hat sich von Matthys beraten lassen und zwei extrem leckere Weißweine zum Fondue gekauft. Vermutlich ist es der teuerste Wein, den ich jemals getrunken habe. Doch ich gebe zu, er schmeckte traumhaft, auch wenn ich im Winter lieber Rotwein trinke. Dieser passt zum Käsefondue nun mal besser, ein eiskalter Weißwein. Wir beschenken uns auch, aber nicht mit großen Geschenken, sondern mit dem, was uns das Jahr über aufgefallen ist, was uns gefallen könnte. Ich bekomme von Meike das Strick-Ensemble, in das ich mich auf Anhieb verliebt hatte und das leider bereits verkauft war, als ich kurz Zeit hatte, um es bei Frieda zu kaufen.

»Du warst mal wieder sehr aufmerksam, Schwesterherz.« Pepper grinst, und ich lächle. »Du warst das?«

»War er. Ich habe aber auch noch ein zweites Geschenk für dich.« Ich sage zu ihr: »Das muss doch nicht sein.«

»Weiß ich, trotzdem wirst du dich gefälligst darüber freuen.« Sie reicht mir eine Schachtel. Diese ist schwer. Neugierig packe ich sie aus. Ich überlege, was sie enthalten könnte, komme aber nicht darauf.

»Wow, ist das toll. Da warst du aber sehr aufmerksam.«

»Ich gebe zu, die Idee kam mir, als wir die Tassen bedrucken ließen. Du hattest auf dieser einen Seite etwas länger geschaut, und ich dachte mir, ich muss mir das ansehen. Es ist etwas, was für dich ist, nicht für die Bäckerei. Du kannst es nachbestellen. Das Service ist handgemacht, und jedes Teil ist ein Unikat.«

»Danke, Meike, das ist wirklich toll. Die Teetassen sind wunderschön. Und die Teller ... vielen Dank.« Danach öffnet sie noch ihr Geschenk. Ich habe ihr eine kleine silberne Schmuckdose gekauft, die ich ganz zufällig bereits Anfang des Jahres auf dem Festland in einem Antiquitätengeschäft gesehen habe. Da ich weiß, dass Meike so etwas mag und zu schätzen weiß, habe ich sie gekauft und das Jahr über bereits im Schrank verpackt aufbewahrt. Bevor sich Pepper und Meike aber bescheren, gehe ich. Auch wenn ich das nicht müsste, doch ... ich kann mir das heute nicht ansehen, es tut weh. Nicht, dass ich ihnen ihre Liebe nicht gönne, ganz im Gegenteil, ich freue mich, dass sie sich gefunden haben. Doch ich muss heute alleine sein. Meike will mich zuerst nicht gehen lassen, doch dann sieht sie mir ins Gesicht und nickt.

»Hab einen schönen Abend, Heike.«

»Ihr auch.« Als ich die Wohnung verlasse, gehe ich am Strandkorb vorbei. Dort bleibe ich für einen Moment stehen und halte kurz Zwiesprache mit ihm.

»Ich weiß, dass du dein Bestes getan hast. Fröhliche Weihnachten, lieber Strandkorb.« Ich schüttle über mich selber den Kopf und gehe die paar Meter über die Straße zur Bäckerei und der darüberliegenden Wohnung. Ich bin meinen Großeltern und Eltern sehr dankbar, dass sie so gut für uns Mädels gesorgt haben. Nach dem Tod unserer Großeltern haben unsere Eltern die kleine Bäckerei weiterbetrieben, und Mutter hat bald schon das Café eröffnet. Leider sind unsere Eltern viel zu jung und ganz kurz nacheinander verstorben. Das schmerzt uns beide immer noch. Doch das Leben geht weiter. Warum ich gerade heute an sie denke … es ist Weihnachten, da sollten sie einen Platz in unserer Mitte haben. Ich denke, das ist der Grund.


ZUHAUSE SCHALTE ich die Lichter an meinem kleinen Weihnachtsbaum an, schenke mir noch ein Glas Rotwein ein und setze mich auf die Couch. Ich sollte glücklich sein, aber ich bin es nicht. Ich bin zufrieden, aber mehr nicht, und ich habe MEHR verdient. Es ist einfach so, dass er in mein Herz geschlüpft ist und dort sitzt. Ich weigere mich noch, ihn loszulassen. Ich denke, das ist der Grund, weshalb ich einsam bin. Mein Glas leert sich, und ich beschließe, den Abend zu beenden. Auch wenn ich morgen nicht früh aufstehen muss, werde ich müde. Der Schlafrhythmus ist mir in den vergangenen Jahren ins Blut übergegangen. Ich will gerade den Schalter für das Licht am Weihnachtsbaum löschen, da klingelt es. *Es klingelt an Heiligabend mitten in der Nacht. Wer bitte will jetzt noch etwas von mir? Es wird doch nicht Lars sein, der ... oder ist es vielleicht ... mein Herz klopft. Hat er es sich anders überlegt?* Aber er hat die Insel mit der Fähre verlassen, und jetzt fährt keine mehr, und wenn er auf ihr gewesen wäre, hätte es der Inselfunk gemeldet und ... ich öffne die Tür einen Spalt und da steht er. Ich sehe ihn einfach nur an. Lange, dann öffne ich die Tür und bitte ihn herein.

»Komm rein.« Er überlegt, ob er eintreten soll, gibt sich aber einen Ruck. Doch er bleibt im Flur stehen. Janus ist es, der zuerst spricht, und das, was er sagt ... es erklärt alles.

»Mein Name ist Janus Allers, so heiße ich aber erst seit dem letzten Sommer.« Ich runzle die Stirn. »Ich habe meinen Vornamen geändert, als ich ... davor hieß ich Janosch Allers.« Ich stehe einfach nur da und warte ab. »Im Juni letzten Jahres wurde ich nach acht Jahren aus dem Gefängnis entlassen.« Ich schlucke, wie nicht. »Ich habe dort eine Jugendstrafe abgesessen, und zwar vollständig. Ich wollte nicht früher auf Bewährung raus, da ich mich nicht dauernd bei einem Bewährungshelfer melden wollte, und nach dem Knast dort leben wollte, wo es mich hintreibt, ohne jemandem Rede und Antwort stehen zu müssen. Im Knast habe ich die Bäcker- und Konditorenlehre absolviert. Wenn du mein polizeiliches Führungszeugnis angefordert hättest, würde dort ein Eintrag vermerkt sein. Heike, es gibt keine Entschuldigung für das, was ich getan habe. Ich muss damit leben, wie auch die Person, der ich wehgetan habe und die zurecht hofft, dass ich ein beschissenes Leben haben werde. Ich selber ... ich erwartete nichts anderes. Doch dann bist du plötzlich in mein Leben getreten. Noch jemand, dem ich alleine mit meiner Anwesenheit, wenn es herauskommt, das Leben versauen kann. Noch jemand, dem ich wehtun kann, wenn auch nicht mit den Fäusten. Ich musste gehen, Heike. Es … ich kann auch nicht bleiben, aber ich glaube, dass du ein Recht auf eine Erklärung hast, denn du würdest dich sonst immer fragen, was du womöglich falsch gemacht hast. Nichts, kann ich nur sagen.«

»Aber was um Himmels willen, Janus, hast du getan?«

»Ich bin an falsche Freunde geraten, kam in falsche Kreise, und das Ende vom Lied war, dass ich bei einem Einbruch, bei dem ich mitgemacht habe und der gänzlich schief lief, einen Menschen sehr schwer verletzt habe.« *Bin ich geschockt?* Ja. Ich kann mir bei Janus viel vorstellen, aber nicht, dass er gewalttätig ist. Wie geduldig er mit Thorsten umgeht und mit wie viel Liebe, er backt und die Pralinen dekoriert und …

»Und bist du immer noch der Mann, der du warst, als du in das Gefängnis gekommen bist? Bist du noch gewalttätig? Hast du noch Kontakte zu diesen Personen, die nicht gut für dich waren?«

»Nein, Heike, der bin ich nicht mehr, und ich habe auch alle Brücken hinter mir abgebrochen. Meine Eltern taten dies bereits damals. Für sie gibt es mich nicht mehr. Ich bin die größte Enttäuschung ihres Lebens, habe durch meine Tat ihr gewohntes Umfeld durcheinandergebracht und sie mussten umziehen. Das alles konnten sie mir nicht verzeihen. Ich war zu dieser Zeit außer Kontrolle. Das soll keine Entschuldigung sein. Ich bin mir dessen, was ich getan habe, bewusst. Jetzt aber dachte ich, bin ich nur für mich alleine verantwortlich.« Ich nicke, frage ihn leise: »Warum bist du zurückgekommen, Janus?« Er sieht mich an, ringt mit sich. Dann aber spricht er.

»Weil mich ein nicht sichtbares Gummiseil zurückgezogen hat und weil da in meinem Kopf jemand sitzt, der mir versucht klar zu machen, dass ich vielleicht doch eine Chance auf ein neues Leben habe. Doch selbst wenn, bereitet mir dies eine fürchterliche Angst, denn dann bin ich genau das, nicht mehr nur für mich selbst verantwortlich. Heike, ich kann das, was ich getan habe, nicht rückgängig machen, ich kann es nicht. Es tut mir leid, und das tut es wirklich, aber ...«, leise redet er weiter. »Ich bin nicht mehr der Mann, der ich damals war. Und ... auch wenn ich es vermutlich nicht sagen sollte, aber ich habe mich in dich verliebt. Ich dachte nicht, dass mir das passieren wird oder ich es verdiene, aber es ist einfach passiert. Und ich weiß auch, dass ich dir mit diesem Geständnis nur Probleme bereite, wenn du ... auch wenn ich hierbleibe, und es rauskommt und ... Ich sollte gehen.« Auch wenn ich weiß, dass das, was nun aus meinem Mund kommt, völlig irrsinnig ist, es Wichtigeres zu bereden gibt, kann ich die Worte nicht aufhalten.

»Eine Frage hätte ich, gut es gibt da noch viele andere, die du mir ehrlich beantworten wirst, aber eine, die drängt sich mir in den Vordergrund.« Janus sieht mich fragend an. »Warst du je beim Strandkorb? Bist du mal in ihn gesessen? Sei ehrlich.« Er verzieht sein Gesicht zu einem angedeuteten Lächeln.

»Bin ich.«

»Verdammt.«

»Heike?«

»Du wirst es nicht verheimlichen. Ich meine damit nicht, dass du es ins Inselfunkgerät posaunen musst. Aber wenn du hierbleiben willst, ein Teil unserer Inselgemeinschaft werden möchtest, zu mir gehören willst, Janus, dann musst du ehrlich sein und die Menschen hier davon überzeugen, dass du es ernst damit meinst, dass du ein anderer Mensch geworden bist. Außerdem solltest du mich jetzt endlich küssen.«

»Ich habe eine bessere Idee.«

»Was?«

»Zieh dir deine Jacke an.« Er hilft mir und stellt seinen Seesack auf den Boden. Dann nimmt er meine Hand und zieht mich mit sich. Bereits nach ein paar Schritten ist mir klar, wohin er will. Er lässt sich kurz darauf mit mir zusammen in den Strandkorb fallen. Und dort ... ja, dort küsst er mich.

»Frohe Weihnachten, Heike.«

»Frohe Weihnachten, Janus.« Für eine lange Zeit denke ich erst mal nichts mehr, sondern fühle nur. Aber als sich Janus von mir löst und still neben mir sitzt, da kommt mir der Gedanke, dass Weihnachten auch ein Fest der Liebe ist und zur Liebe gehört auch, dass man verzeihen kann. Dass man die Chance erhält, sich zu ändern. Es wird nicht einfach werden, das ganz bestimmt nicht. Aber ich werde Janus diese Chance geben, denn ich liebe ihn.

## NACHWORT - STRANDKORB SIEBEN

Ich könnte vor Stolz platzen und vor Freude hüpfen, obwohl mir, wenn ich ehrlich bin, eiskalt ist. Ich finde schon, dass mein Besitzer, Kapitän Klaas, mich jetzt, da der Weihnachtsmarkt vorbei ist, in den trockenen und warmen Unterstand stellen könnte. Ich muss ja den Kollegen von meinem Abenteuer berichten. Aber ja, das jetzt belohnt mich dann doch für so vieles. Warum Janus nun doch hier ist, weiß ich nicht, aber das ist auch nicht wichtig. Wichtig ist nur, dass ich einem weiteren Paar geholfen habe, zueinanderzufinden. Frohe Weihnachten allerseits.

ENDE

## LESEPROBE EIN SOMMER AUF DER HALLIG OLAND

**Küstenzauber und Herzenswärme: Ein Sommerroman auf der Hallig**

Rieke, eine erfolgreiche New Yorkerin, erbt überraschend eine Kate auf der kleinen Hallig Oland von einer entfernten Verwandten. Die einzige Bedingung: Sie muss ein ganzes Jahr auf dem beschaulichen Eiland leben. So begibt sich die Großstädterin Hals über Kopf ins Halligleben – im wahrsten Sinne des Wortes!

Mit ihren nicht vorhandenen Backkünsten und der Überzeugung, dass der Kürbis ein Monster ist, sorgt Rieke für so manches Gelächter unter den bodenständigen Bewohnern der Hallig Oland. Doch plötzlich fliegen Funken auf der Hallig, als sich eine unerwartete Liebesgeschichte zwischen ihr und dem Mieter der Dachgeschosswohnung entwickelt, den sie ziemlich zügig als Sando erkennt – einen ehemaligen gefeierten Rockstar, der plötzlich von der Bildfläche verschwunden war.

Begleite Rieke auf ihrer turbulenten Entdeckungsreise, bei der sie nicht nur das Inselleben kennenlernt, sondern auch ihr Herz für neue Abenteuer öffnet. Eine humorvolle und herzerwärmende Liebesgeschichte erwartet dich vor der malerischen Nordseekulisse.


LESEPROBE:

Das alles kann doch wohl nicht wahr sein. Ich glaube es nicht. Ich stehe nur da und überlege, ob ich nicht umdrehen und zurück nach Frankfurt fahren soll, um in den Flieger zu steigen und zurück nach New York zu fliegen. Wieso nur habe ich bei dieser Schnapsidee mitgemacht? Wieso nur haben die Worte einer verstorbenen alten Frau, die über sieben Ecken eine Verwandte von mir war, und von der ich keine Ahnung habe, ob sie noch richtig im Kopf war, mich so berührt? Wie konnte ich so verrückt sein und meine perfekte Wohnung in New York kündigen, meinen Job – gut, das ist unfair, daran ist Antje Hoferland nicht schuld – aber an allem anderen sehr wohl.

Ich stehe hier mit ein paar anderen Menschen an diesem sogenannten Lorenbahnhof. Diese Lore sollte mich auf die Insel bringen, aber man sagt mir nun, dass sie defekt ist. Dass ich die Koffer stehen lassen kann und man sie mir später bringen wird, und dass ich mit den anderen die paar Kilometer durch das Watt laufen soll – mit meinen neuen weißen Sneakers. Logisch, genau mit diesen Schuhen. Die Sonne scheint und eigentlich sollte dieser erste Tag auf der Hallig Oland positiv werden, in gewisser Weise der erste Tag meiner Auszeit, die ich mir nehme. Gut, Auszeit ist relativ, ich werde Onlinearbeit annehmen, aber eben auf der Hallig wohnen. Irgendwie habe ich noch keine Ahnung, was das werden wird und ob ich nicht in zwei Tagen den Inselkoller oder Halligkoller bekomme. Zwei Quadratkilometer Land und das nicht mal zu jeder Zeit. In New York bedeutet das nicht mal einmal um den Block. Im Moment scheint leider überhaupt nichts positiv zu sein. Davon scheine ich derzeit meilenweit entfernt zu sein. Es hilft auch nicht besonders, dass Sanders – ich nenne ihn immer in Gedanken bei diesem Namen – mich, fast möchte ich sagen, spöttisch anschaut. Seine nächsten Worte sind nicht viel besser. Denn eigentlich habe ich gerade überlegt, ob ich mir nicht ein Hotelzimmer nehmen soll, um erst morgen auf die Hallig zu reisen. Doch das geht nicht.

»Tja, was soll ich sagen, Rieke? Es wäre vielleicht eine gute Idee gewesen, wenn du ein paar Tage früher angereist wärst. Denn du weißt ja, bis heute Abend 24 Uhr musst du eingezogen sein.«

»Du mich auch.« Ich sehe auf meine Schuhe, auf seine

Füße, die in Gummistiefel stecken – alles Dinge, an die ich, gebe ich zu, nicht gedacht habe. Verdammt! In New York braucht niemand Gummistiefel und ich ... ergeben laufe ich einfach den anderen hinterher. Sanders läuft neben mir. Meine Schuhe sind in Sekunden nass und voller Schlamm. Weiß waren sie mal. Ist das eklig. Und dann wieder ... nach wenigen Schritten überkommt mich eine Ruhe, wenn ich das Watt vor mir betrachte. Nicht aber, wenn ich auf Sanders sehe, der neben mir geht.

.....

NACH DEM FRÜHSTÜCK fahre ich los nach Nordstrand zum Hafen. Dort angekommen fahre ich mit dem Auto auf die Fähre. Während der Überfahrt gehe ich an Deck und gebe zu, es ist einfach nur wunderbar. Ich sehe mich, fast möchte ich sagen, fasziniert um. Höre zu, wenn die Menschen reden. So anders, so ... friesisch. Ich lächle. Als ich mit dem Auto von der Fähre fahre, da aber werde ich wieder aufgeregt. Ich parke vor dem Rathaus in Hummersiel. Und bin etwas früh dran, deshalb schlendere ich noch durch die Straßen. Mich zieht das Meer wie magisch an. Der Deich und das dahinterliegende Meer. Es ... der Blick auf die Halligen eröffnet sich mir. Keine Ahnung, welche es ist, die ich sehe, und ich habe auch keine Ahnung mehr, wie sie alle heißen. Das alles ist viel zu lange her, und ich habe mich auch nicht eingelesen. Es ist ... ich bin ja nur wenige Stunden hier und werde so bald wie möglich wieder nach New York fliegen. Das hier, diese Natur, ja, sie ist toll für einen Urlaub, um sich zu erholen, *aber was bitte soll ich hier als Großstadtpflanze tun?* Alles ist so winzig. Wenn ein Haus drei Stockwerke hat, dann wird es vermutlich als Hochhaus oder Wolkenkratzer bezeichnet. Und die Menschen ... Moin hier, Moin da, und dann reden sie nicht mehr wirklich viel. Gut, das tun die New Yorker auch nicht. Man kann in der Großstadt sehr einsam sein. Wirklich einsam, aber ich bin mir sicher, dass dies auch hier der Fall sein kann. Erneut atme ich die Luft ein und sehe auf das Meer, den Deich und ... in meiner Erinnerung waren mehr Tiere zu sehen, Schafe und ...

»Moin Lady, suchen Sie was?«, werde ich von einem Mann, der wie ein typischer Bilderbuch-Kapitän ausschaut, angesprochen. Ich lächle ihn freundlich an.

»Nein danke, ich warte nur, bis ich den Termin im Rathaus habe.«

»Das ist heute geschlossen.«

»Aber ... ich habe einen Termin bei Notar Westner.«

»Ah, bei Tillman. Dann sind Sie ...« Er murmelt irgendwelche Wörter vor sich hin, die ich wirklich nicht verstehe.

»Sie sind nicht von hier.«

»Nein, bin ich nicht.«

»Hört man, obwohl ... Sie kommen sicher aus Übersee, nicht wahr?«

»So schlimm?«

»Was?«

»Mein Akzent.« Er lächelt, und ich bin mir beinahe sicher, dass er dies nicht besonders oft tut.

»Nein, wirklich nicht, aber man hört es. Sie sind also wegen Antje da.« Jetzt wird er mir unheimlich.

»Das ...« Ich gehe einen Schritt zurück.

»Keine Angst, Lady. Antje war ein Schlitzohr. Ich hätte nicht gedacht, dass sie so mutig ist.« Ich verstehe nicht, was er damit meint, aber ist mir letztlich auch egal.

»Moin Lady, ich muss ...« Ich sehe ihm noch nach, und dann aber gehe ich zum Rathaus. Ein Mann betritt vor mir das Haus. Er hält mir die Tür offen, mustert mich. Und ich wiederum auch ihn. Zuerst denke ich, dass er der Notar ist, dann aber, *ob er auch jemand ist, der eingeladen wurde? Er ein Verwandter von mir ist?*

»Moin.«

»Guten Tag.« Er lächelt.

»Sie werden sich schnell an Moin gewöhnen, das können Sie hier immer sagen. Moin ist nie falsch.« Ich nicke und gehe neben ihm her. Er scheint den Weg zu kennen.

»Sind Sie auch wegen Antje hier?« Jeder scheint diese Frau zu kennen, ich nicke nur.

»Ich bin stellvertretend für meinen Sohn Sönke hier.« Er kommt mir plötzlich sehr bekannt vor.

»Kann es sein, dass ich Sie kenne?« Ich mustere ihn. Sein Tonfall, die Stimme, und seine Bewegungen ... er zieht sich von mir zurück, ich spüre es genau. Er will nicht, dass ich weiter in ihn dringe. *Ob er ein Verwandter von früher ist?* Ich ihn deshalb ... nein ... Ich war damals noch viel zu klein, als dass ich mich daran erinnern würde.

»Kann ich mir nicht vorstellen.« Gerade mit diesem Satz hat er natürlich meine Neugier geweckt. Aber ich belasse es erst einmal dabei. Denn wir stehen auch beide vor einer Tür, die verschlossen ist. Er ist also kein Notar. Der unbekannte Mann klopft, und ein »Herein« lässt ihn die Tür öffnen. Hinter dem Schreibtisch sitzt ein Mann, der an die sechzig zu sein scheint, und steht auf, begrüßt zuerst mich.

»Moin, Sie müssen Rieke Njordsson sein.«

»Das stimmt.« Ich reiche ihm die Hand.

»Notar Tillmann Westner. Und Sie ...«, wendet er sich an den Herrn, dessen Namen ich noch nicht erfahren habe.

»Oliver Sanders, Moin, ich bin als Vormund für meinen vierjährigen Sohn Sönke eingeladen worden.«

»Richtig.« Auch ihm reicht er die Hand. Ich grüble, denn der Name sagt mir was, nur im Moment kann ich zwischen seinem Äußeren und dem Namen keine Verbindung zu wem auch immer herstellen.

»Setzen sie sich doch«, meint der Notar, an uns gerichtet. Er hat vor sich eine Akte liegen. Als wir sitzen, da wendet sich der Notar zuerst mir zu.

»Danke, dass Sie aus Übersee hierhergeflogen sind, und ich weiß nicht, ob Sie auch wissen, wer Antje Hoferland war.«

»Sie war mit meinem leiblichen Vater verwandt.« Überrascht sieht er zu mir.

»Das ist richtig. Schön, dass Sie das wissen.«

»Nicht wirklich. Wie genau, davon habe ich keine Ahnung. Der Zweig meines leiblichen Vaters ist mir gänzlich unbekannt. Mein Vater, der Mann, der mich aufgezogen hat, wusste jedoch mit dem Namen etwas anzufangen. Wie genau die verwandtschaftlichen Verhältnisse sind, das konnte er mir aber nicht sagen. Meine Mutter konnte ich nicht mehr dazu befragen, da sie vor einigen Jahren verstorben ist. Allerdings hat mir mein Vater noch erzählt, dass wir Antje besucht haben, bevor wir nach Übersee geflogen sind. Deshalb ... ich habe kein Gesicht vor mir und auch kein Foto, aber ich kann mich an ihren Apfelkuchen erinnern.« Der Mann neben mir, Oliver, lächelt zum ersten Mal. Er wirkt angespannt, vor allem seit ich gesagt habe, dass ich ihn von irgendwoher kenne, so kommt es mir zumindest vor. Der Notar geht auf meine Aussage, dass meine Mutter gestorben ist, ein.

»Das tut mir leid. Das mit Ihrer Mutter. Antje Hoferland war die Cousine vom Vater Ihres Vaters.« Ich runzle die Stirn. Er sieht mich an. »Genau etwas schwierig, aber ich kann es abkürzen oder Ihnen helfen. Ihre Urgroßeltern hatten sechs Kinder. Eines davon ist Ihr Großvater. Ein weiteres war eine Tochter mit dem Namen Antje. Sie heiratete einen Amsel Hoferland. Beide bekamen eine Tochter, die sie wiederum Antje nannten. Und das ist jene Antje Hoferland, die Sie in ihrem Testament bedacht hat.«

»Aber weshalb sind nur wir hier? Ich meine, erben nicht in diesem Fall viele andere Personen?«

»Antje Hoferland hat die rechtmäßigen beziehungsweise berechtigten Erben zu Lebzeiten ausbezahlt oder anders formuliert, sie in gewisser Weise enterbt. Das muss Sie nicht interessieren. Aber es wurde alles gesetzlich rechtmäßig geregelt. Sie werden da keine Probleme bekommen. Zumal Sie auch eine rechtmäßige Erbin sind. Aber dazu später. Ich werde nun offiziell das Testament eröffnen, wenn Sie einverstanden sind.« Er sieht zu uns. Ich nicke, und auch Herr Sanders deutet seine Zustimmung an. Und dann beginnt er, und mit jedem Wort, das er von sich gibt, werde ich unruhiger und ... *was zur Hölle hat sich diese Frau dabei gedacht?* Ich bin mir ziemlich sicher, dass Sanders dasselbe denkt, *oder?* Ich sehe zu ihm und widerspreche mir selber. Er sieht erleichtert aus. Irgendwie. Gut für ihn oder seinen Sohn bedeutet es eine sichere Wohnung. Der Notar beendet die Eröffnung, indem er mir und auch Sanders einen Brief zusteckt.

»Er ist von Antje Hoferland an Sie geschrieben worden. Sie haben beide nun sechs Wochen Zeit, das Testament anzunehmen oder auszuschlagen. Als Verantwortlicher bin ich dazu verpflichtet, dafür zu sorgen, dass der letzte Wille von Antje Hoferland auch entsprechend erfüllt wird. Heißt, ich musste ihr nicht nur versprechen darauf zu achten, sondern darf auch nicht mit Ihnen zu einer anderen Einigung kommen.« Er sieht dabei mich im Speziellen an.

»Das ... Sie meinen ... man kann dieses Testament nicht anfechten oder anders ausgedrückt, wenn ich es annehme, dann muss ich ...«, kopfschüttelnd sehe ich zu Sanders, der nicht mal annähernd so entsetzt zu sein scheint wie ich. Gut, so wie ich aus den Ausführungen von Notar Westner herausgehört habe, ist es auch so, dass er und sein Sohn Sönke gerne in diesem Haus leben. Für mich aber ...

»Sie wollen ernsthaft, dass ich ... dass ich dorthin ziehe? Ein Jahr lang auf die Hallig ziehe? Ich wohne in New York, ich habe dort mein Leben, ich bin ... eine Großstadtpflanze. Was soll ich auf einer Hallig, auf der keine hundert Menschen leben?«

»Achtzehn, um genau zu sein.«

»Was meinen Sie?« Ich wende mich Sanders zu.

»Achtzehn Menschen wohnen auf der Hallig. Einschließlich mir und meinem Sohn Sönke.«

»Achtzehn«, murmle ich vor mich hin. »Achtzehn Menschen, und ich soll ... ich soll dort wohnen und ich soll dort leben und das ... ich bin in einem Albtraum gefangen, das darf doch einfach nicht wahr sein!« Gut, ich muss ja nur das Erbe ausschlagen, aber ... *aber will ich das?* Ich stehe auf und reiche dem Notar die Hand.

»Danke, Herr Westner.« Ich stehe auf. »Ich melde mich bei Ihnen, wie ich mich entscheide.« Danach wende ich mich diesem Sanders zu, der mich fast, will ich sagen, gelangweilt ansieht. *Oder ist es verächtlich?* Nein, das nicht. Er sieht jemandem ähnlich, *doch nur wem?* Und als er mir die Hand reicht und ich in seine Augen blicke, da macht es Klick. Da erkenne ich ihn. Das, was ich als arrogant angesehen habe, ist Schmerz. Er trägt einen tiefen Schmerz in sich. Sein Sohn hat in dem Haus, das ich erben würde, lebenslanges Wohnrecht und nur mit seiner Zustimmung oder dem seines Vaters kann das Haus veräußert werden. Da dieser Junge noch knappe fünf Jahre alt ist, wird es also in frühestens zwölf - dreizehnJahren so weit sein. Gut, mit dem Vater könnte ich mich vielleicht ja einigen. Aber dazu kommt, wenn ich das Erbe überhaupt annehmen würde, müsste ich als Bedingung für ein Jahr in das Haus ziehen. Was jetzt nicht das Allerschlimmste wäre, doch dieses verdammte Haus steht auf einer Hallig mitten in der Nordsee und tausende Kilometer von meinem Wohnort entfernt. Im gefühltem und auch wenn man ehrlich ist, im Nirgendwo. *Was nur hat sich diese Antje da gedacht?* Der Brief in meiner Hand wird vielleicht etwas Licht ins Dunkel bringen. Bevor ich mich endgültig abwende, frage ich den Notar doch noch etwas.

»Was passiert eigentlich mit dem Haus, wenn ich das Erbe nicht antreten werde?«

»Das darf ich Ihnen nicht sagen.« Mir ist klar, dass ich meine Stirn runzle.

»Nicht?«

»Nein. Wenn Sie ablehnen, geht Sie das Haus nichts mehr an.« Ich nicke. Gut, er hat recht. Erneut drehe ich mich zu den beiden Herren um, verabschiede mich und verlasse das Zimmer. Auch Sanders verabschiedet sich. Ich will nicht mit ihm reden, deshalb laufe ich zügig nach draußen. Dieser Mann ... das mit uns beiden kann nicht gut gehen. Kurz bevor ich am Auto bin, tritt er aber zu mir.

»Sie werden das Erbe ausschlagen, nicht wahr? Ich kann es verstehen, wenn man in einer pulsierenden Großstadt lebt und einem Job nachgeht, der einem Spaß macht, kann man die Brücken nicht einfach so hinter sich abreißen. Keine Ahnung, was sich Antje mit dem Testament gedacht hat. Vor allem, dass sie es erst vor wenigen Wochen zum letzten Mal geändert hat. Ich wollte Ihnen nur sagen, dass ich mit dessen Inhalt nichts zu tun habe. Ich wusste nicht, dass sie meinen Sohn bedacht hat.« Ich runzle erneut die Stirn. *Wie kann er das wissen?*

»Woher wissen Sie das? Ich meine, das mit der Änderung.«

»Der Brief hat ein Datum.«

»Sie haben ihn bereits gelesen?«

»Ja, während ich Ihnen hinterhergelaufen bin.« Ich sehe auf meinen. Er brennt nun förmlich in meiner Hand. Gleichzeitig aber ist da der Wind, der meine langen Haare zerzaust und sie mir ins Gesicht weht, und dann ... ich fasse es nicht. Ein Glucksen kommt aus seinem Mund. Aus Sanders' Mund. Er sieht mich an. Ich entgeistert zu ihm, und dann passiert da etwas zwischen uns. Ich habe keine Ahnung, was, aber sein Gesicht, es ... die Sonne scheint plötzlich oder *wurde das Licht angezündet?* Auf jeden Fall ist es hell erleuchtet, und seine Augen, sie blitzen. Er strahlt geradezu. Nein, er lacht! Sanders lacht mich aus und kriegt sich nicht mehr ein. Ich sollte ihm böse sein, aber ich bin mir absolut sicher, dass er schon sehr lange nicht mehr so unbeschwert aus voller Kehle gelacht hat. Nun ja, er lacht mich aus. Und kriegt sich dabei nicht mehr ein. Er kichert wie ein Mädchen, kommt mir in den Sinn. Urplötzlich, als ob ihm bewusst wird, dass er lacht und fröhlich ist, stoppt er. Der Grund ist nicht, dass er mich ausgelacht hat, sondern dass er gelacht hat. An irgendetwas hat er sich erinnert. Sanders geht zu einem Auto, und ich nehme an, dass es seins ist, und setzt sich in das Fahrzeug. *Will er jetzt wirklich einfach so wegfahren?* Ich meine, einfach ... nein. Er steigt wieder aus und hält einige Feuchttücher in der Hand. Ehrlich gesagt, bin ich ihm mehr als dankbar. Denn es ist verdammt eklig, Möwenkacke im Haar zu haben. Denn genau das ist passiert. Ein Vogel hat mir auf den Kopf geschissen.

»Antje hat immer gesagt, dass das Glück bedeutet.«

»Vogelkacke auf dem Kopf zu haben?« Erneut kann er ein Lachen beinahe nicht unterdrücken. Mir aber ist wirklich nicht danach, das ist unglaublich. Die Möwen kreischen in der Luft, und ich werde ihr Kreischen ab jetzt immer damit in Verbindung bringen, dass da etwas auf mir landen kann. Nach oben sehen und dabei den Mund öffnen, das werde ich auf jeden Fall so schnell nicht tun. Nicht, dass mir noch ...

»Also besser geht es nicht.«

»Ich würde sagen, eine ordentliche Dusche nachher wäre angebracht.« Ich kann einfach nichts sagen. Es geht nicht. Dieser Kerl, er nervt, er nervt mich total. Auch wenn ich ihn bis dato wirklich ... er ... ich sehe erneut den Brief an, denn er scheint mir etwas im Voraus zu sein. Nicht etwas, ziemlich viel. Er kannte Antje, und er weiß auch, was in diesem Brief steht, zumindest in seinem. Und er ... er wohnt in meinem Haus, und ich kann es nicht verkaufen, solange sein Sohn oder er nicht zustimmen. Und er ... Das alles ist eine Katastrophe, denn er kann es mir auch erst abkaufen, wenn ich ein Jahr dort gewohnt habe. Ein Albtraum ...

»Nur mal so gefragt. Wenn ich dieses Erbe antreten würde und ich dieses Jahr dort wohnen werde, was ich mir heute im Augenblick noch nicht vorstellen kann. Würden Sie mir den Anteil an dem Haus in einem Jahr ausbezahlen? Mir das Haus abkaufen?« Unvermittelt folgt aus seinem Mund.

»Würde ich.«

»Wirklich?«

»Ja.« Ich überlege und sehe ich auf den Brief. Auf die schmutzigen Tücher in seiner Hand, und dann wird mir wieder bewusst, dass mir ein Vogel auf den Kopf geschissen hat. Ich muss unter die Dusche. Ich muss diesen Brief lesen, und ich muss weg von ihm, weg von hier, am besten sofort. Ohne mich zu verabschieden oder ein Danke zu sagen, setze ich mich in mein gemietetes Auto und fahre los, zurück zum Hotel. Dort dusche ich und setze mich später, als ich wieder angezogen und mich wohlfühle, auf die Terrasse, bestelle mir ein Glas Wein und blicke auf diesen Brief, der mir eine gewisse Angst einflößt. Allein die Tatsache, dass es Worte einer Person sind, die verstorben ist, finde ich unheimlich, und dann noch ... ich kenne die Frau nicht, und doch hat sie mich als ihre Erbin eingesetzt, hat mich aufgrund meines leiblichen Vaters, als verwandte Person bedacht. *Warum nicht meinen Vater, den ich nicht kenne?*

## BÜCHER VON LOTTA LARSSON

Nordsee Träume - Wo die Liebe den Sand berührt

### Kater Murphy

Hallo, liebe Leserinnen und Leser. Ich darf mich vorstellen, mein Name ist Kater Murphy, und ich werde Sie durch die Buchreihe „Nordsee Träume auf Wangerooge" begleiten. Mit meinen Kommentaren und Weisheiten möchte ich Ihnen das ein oder andere Schmunzeln entlocken. Als einer der älteren Kater auf Wangerooge kann ich mit Stolz sagen, dass mir nur wenig entgeht. Eigentlich nichts. Ich lebe am Strand in einer Schublade eines durch Sturm beschädigten Strandkorbes. Diese liegt halb vergraben und versteckt sich in den Dünen zwischen dem Sand und Strandhafer, und von dort aus habe ich einen perfekten Blick auf das Geschehen um mich herum. Bei meinen Spaziergängen höre ich immer die neuesten Geschichten, und dank meiner charmanten Art und gewissen Vorzüge, besuchen mich oft meine lieben Freundinnen, die mir von weiteren Ereignissen berichten.

Doch nun genug von mir – freuen Sie sich auf die erste Geschichte von Wangerooge!

Herzlichst, ihr Kater Murphy.

## **Inselroman mit viel Liebe**

Als die Ärztin Tanja Seeler ihren Verlobten wie in einem billigen Hollywoodfilm mit einer anderen Frau im Bett erwischt, verlässt sie fluchtartig die gemeinsame Wohnung. Ohne es richtig zu registrieren, fährt sie direkt nach Amrum. Dorthin, wo sie in ihrer Jugend glücklich war und mietet sich eine kleine Kate. Kaum angekommen, fällt ihr der attraktive Dachdecker Leeve Boger vor die Füße, der gerade das Reetdach der Kate repariert.

Zwischen den beiden funkt es von Anfang an. Und das, obwohl sie sich erst wenige Stunden kennen. Die Tage auf Amrum lassen Tanja zur Ruhe kommen und über ihr Leben nachdenken. Lenny, ein Labrador-Rüde, schließt Tanja sofort in sein Hundeherz und sorgt für die eine oder andere kleine und große Panne. Doch dann verschwindet Tanja ohne Nachricht und lässt Leeve ratlos und enttäuscht zurück.

Hat er sich wieder einmal in einer Frau getäuscht? Oder gibt es eine Erklärung für ihr Verschwinden? Wird Strandkorb sieben seine Magie versprühen?

## DANKSAGUNG

Toll, ihr habt es bis hierher geschafft! Es scheint euch wirklich gefallen zu haben. Ich würde mich sehr über ein Feedback und eine Rezension freuen. Wollt ihr nicht ein paar Worte schreiben?

Und natürlich danke ich meiner Familie, allen voran meinem Mann, gefolgt von meinen Kindern und meinen Eltern. Einfach allen. Meinen Beta-Lesern und allen, die mich ermutigen, weiterzumachen. Und natürlich all meinen Lesern! Ich freue mich über jeden Einzelnen. Über jede nette Nachricht und jede persönliche Begegnung auf Messen.

Ihr findet mich auf Instagram und auf Facebook.

Vielen Dank, eure Lotta Larsson

# WEITERE BÜCHER VON LOTTA LARSSON

### Bücher

- Strandkorbliebe auf Amrum - Leeve
- Strandkorbliebe auf Amrum - Leevke
- Strandkorbliebe auf Amrum - Lentje
- Strandkorbliebe auf Amrum -Levka
- Strandkorbliebe auf Amrum - Weihnachtszauber
- Ein Sommer auf der Hallig Oland

# Hörbücher

- Strandkorbliebe auf Amrum - Leeve
- Strandkorbliebe auf Amrum - Leevke
- Strandkorbliebe auf Amrum - Lentje
- Strandkorbliebe auf Amrum - Weihnachtszauber

A Boss for Christmas

In der linken Hand einen Cocktail, im rechten Arm eine Frau –
genau so sieht das ideale Fest der Liebe für den
Weihnachtsmuffel Saint Barker aus. Der begehrte Junggeselle
flieht seit Jahren in die wunderschöne Karibik, um dem ganzen
scheinheiligen Weihnachtszauber und der Party bei seinen Eltern
zu entkommen. Nur blöd, wenn ein Unfall genau diese Flucht
verhindert und er stattdessen mit einer wildfremden Frau in der
Notaufnahme landet, statt im Flieger.

Eine Frau, die mit ihrer Fröhlichkeit alle Menschen in ihren Bann zu ziehen scheint – außer Saint. Schließlich sieht er sich als vollkommen unempfänglich für solche Gefühlsduseleien an.

Einem Deal mit Holly kann er dann allerdings doch nicht widerstehen! Saint hilft einem Obdachlosen, damit sie ihn auf die schreckliche Familienfeier begleitet. Schließlich bleibt ihm jetzt nichts anderes übrig, als hinzugehen.

Und dann ist er da, dieser Lichterglanz, dieser Weihnachtsduft, mit all den schmerzhaften Erinnerungen.

Kann ein Herz wirklich heilen, dank eines Menschen, den man gerade erst kennengelernt hat?

## My Boss for Christmas

Raven Barker, einer der beiden Geschäftsführer von Barker Holdings, weiß genau, was er will. Nicht umsonst sitzt er auf dem Chefsessel des Unternehmens. Er ist hart, unnahbar und duldet keine Fehler. Auch nicht bei seiner neuen persönlichen Assistentin Caralina Baptist, die sich vom ersten Tag an viel zu sehr für ihn interessiert. Dabei gibt es in seinem Leben keinen Platz für Frauen - die Escort-Damen einmal ausgenommen. Eine Entscheidung, für die es einen Grund gibt, über den er niemals sprechen wird ... Caralina Baptist muss sich zügig eingestehen, dass der autoritäre Mistkerl - ihr neuer Chef - sie viel zu sehr fasziniert. Dabei kennt sie seinen Ruf und all die Geschichten, die sich um ihn ranken. Doch Raven Barker treibt es zu weit, weshalb sie sich gezwungen sieht, fristlos zu kündigen. Sie ahnt nicht, dass er ihr nachreisen würde. Die aufkommende Spannung zwischen ihnen führt zu einer impulsiven Nacht voller Leidenschaft und Hingabe - gerade jetzt, da das Weihnachtsfest naht und Raven unter allen Umständen vermeiden will, an die Geschehnisse einer längst vergangenen Weihnachtsnacht zu denken.

Zeitfracht Medien GmbH
Ferdinand-Jühlke-Straße 7
99095 Erfurt, Deutschland
produktsicherheit@kolibri360.de